EDITION MARITIM

BIBLIOTHEK DER MEERE

*Jack London*

# GESCHICHTEN AUF SEE

*Erzählungen*

EDITION MARITIM

Bibliografische Information Der Deutschen Bibliothek
Die Deutsche Bibliothek verzeichnet diese Publikation in der Deutschen Nationalbibliografie; detaillierte bibliografische Daten sind im Internet über http://dnb.ddb.de abrufbar.

1. Auflage / ISBN 3-89225-484-2
Die Rechte für diese Ausgabe liegen bei
Edition Maritim GmbH, Raboisen 8, 20095 Hamburg

Der Verlag dankt für die Überlassung der Rechte an dieser Ausgabe:
Westwärts · Ein Taifun vor der japanischen Küste · Die »Francis Spaight«
(jeweils aus dem Amerikanischen von Erwin Magnus)

Feuer auf See (aus dem Amerikanischen von Erwin Magnus)

Vom Fahren mit kleinen Booten · Dass Tote nie auferstehen
(jeweils aus dem Amerikanischen von Götz Pommer/Horst Fischer)
Chris Farrington · Die verlorene Prise
(jeweils aus dem Amerikanischen von Horst Fischer)
Der Kapitän der Susan Drew (aus dem Amerikanischen von Götz Pommer)


Umschlag: Buchholz/Hinsch/Hensinger, Hamburg
Satz: Hans Kock Buch- und Offsetdruck GmbH, Bielefeld
Druck: GGP Media, Pößneck
Printed in Germany 2003



Vertrieb: Delius Klasing Verlag, Siekerwall 21, 33602 Bielefeld
Tel.: 0521/559-0, Fax: 0521/559-114
e-mail: info@delius-klasing.de · www.delius-klasing.de

# Inhalt

# Ein Taifun vor der japanischen Küste

Es war am Morgen. Die Schiffsglocke hatte vier Glasen geschlagen. Wir waren gerade mit dem Frühstück fertig, als die Deckwache den Befehl erhielt, beim Beidrehen des Schiffes zu helfen, und alle Mann an die Boote beordert wurden.

»Hart Backbord! Hart Backbord«, rief der Steuermann. »Geit die Marssegel auf! Fiert Außenklüver. Schiftet Klüver und streicht die Fock!« Und damit war unser Schoner, die *Sophie Sutherland*, beigedreht. Es war der 10. April 1893, in Höhe der japanischen Küste, in der Nähe von Kap Jerimo.

Dann herrschte für einige Augenblicke wildes Getöse und Durcheinander. Es waren achtzehn Mann, die die sechs Boote bemannen sollten. Einige hakten die Falle aus, andere warfen die Zurringe los; Bootssteuerer erschienen mit Kompassen und Wasserfässern und Ruderer mit Proviantkisten. Jeder schwankte unter der Last von zwei bis drei Schrotflinten, einer Büchse und einer schweren Munitionskiste, und bald waren alle mit

Ölröcken und Handschuhen in den Booten verstaut.

Der Steuermann erteilte seine letzten Befehle, und wir pullten fort, jedes Boot unter dem Druck von drei Paar Riemen, um unser Jagdgebiet zu erreichen. Wir waren im Luvboot und hatten deshalb weiter zu pullen als die andern. Die drei ersten Leeboote setzten bald alle Segel und liefen südwärts und westwärts mit dem Wind, während der Schoner sich in Lee hielt, damit die Boote im Notfall guten Wind zu ihm zurück hatten.

Es war ein prächtiger Morgen, aber unser Steuermann schüttelte den Kopf in böser Ahnung, als er die aufgehende Sonne betrachtete, und murmelte prophetisch: »Rote Sonne am Morgen bringt dem Seemann Sorgen.« Die Sonne sah böse aus, und einige wenige helle Wolkenballen verschwanden bald beschämt und erschrocken.

Im Norden erhob Kap Jerimo seinen schwarzen, widerwärtigen Kopf wie ein riesiges Ungeheuer, das aus der Tiefe auftaucht. Der Winterschnee, den die Sonne noch nicht ganz geschmolzen hatte, bedeckte ihn in Flecken von glitzerndem Weiß, über die der leichte Wind auf seinem Wege auf die See heraus hinwegfegte. Große Möwen erhoben sich langsam, ließen ihre Flügel in der leichten Brise schwingen und schlugen mit ihren Füßen das Meer fast auf eine halbe Meile, ehe sie sich zu erheben vermochten. Kaum war ihr Plätschern verrauscht, als sich ein Volk von Seewachteln erhob und mit sausenden Flügeln nordwärts flog, wo sich eine große Walherde tummelte. Ihr Blasen klang wie das Pfeifen von erschöpften Dampfmaschinen. Die rauen, misstönenden Schreie eines Schneepapageis kratzten unangenehm im Ohr und weckten ein halbes Dutzend Seehunde vor uns. Spielend und springend zogen sie durch das Wasser ab. Eine Möwe umkreiste uns in langsam-bedächtigem Fluge und in langen, majestätischen Kurven, und als Erinnerung an die Heimat setzte sich ein kleiner Sperling frech auf die Back, legte den Kopf auf die Seite und zirpte munter. Die Boote hatten bald die Seehunde erreicht, und von Luv bis Lee konnte man das Bang-Bang der Büchsen hören.

Der Wind hob sich langsam, und um drei Uhr, als wir ein Dutzend Seehunde in den Booten hatten und gerade überlegten, ob wir weiterfahren oder umkehren sollten, ging die Signalflagge am Besanmast des Schoners hoch und rief uns zurück – ein sicheres Zeichen, dass mit dem steigenden Wind das Barometer fiel und dass unser Steuermann sich um die Boote ängstigte.

Mit einem Reff in den Segeln liefen wir vor dem Winde. Der Steuermann biss die Zähne zusammen und hielt mit beiden Fäusten die Ruderpinne gepackt, seine Augen schweiften ruhelos von dem

Schoner nach der Großschot und dann achtern über das dunkle Gekräusel, das der Wind im Wasser erzeugte und das den kommenden Sturm verkündete, oder nach einer großen weißen Woge, die uns zu überwältigen drohte. Die Wellen spielten Karneval, sie rissen die seltsamsten Possen und kamen in wilder Freude ungestüm dahergetanzt – aufwärts und abwärts, hier und dort, überall, bis eine große See aus flüssigem Grün mit milchweißem Schaumkamm sich von dem seufzenden Busen des Ozeans hob und uns die Aussicht auf die andern versperrte. Aber das dauerte nur einen Augenblick, dann erschienen sie wieder unter neuen Formen. Den Weg der Sonne wanderten sie, groß und klein, mit Sprühregen und Gischt, geschmolzenem Silber gleichend. Das Wasser verlor seine dunkelgrüne Farbe und wurde eine einzige blendende, silbrige Glut, um wieder zu verschwinden und eine wilde Einöde von grünlichen Wirbeln zu werden, durch die dunkle, drohende Wogen rollten. Das feurige Funkeln und das silbrige Licht verschwanden bald mit der Sonne, die durch schwarze, rasch aus Westen und Nordwesten sich heranwälzende Wolken verdunkelt wurde; sie waren die Herolde des nahenden Sturmes.

Bald hatten wir den Schoner erreicht und gelangten als Letzte an Bord. Wenige Minuten später waren die Seehunde abgezogen, Boote und Decks gewaschen, und wir saßen beim prasselnden Feuer in der Back, wuschen uns, zogen uns um und hatten bald ein kräftiges, warmes Abendbrot vor uns stehen. Die Segel des Schoners waren gerefft worden, da wir bis zum nächsten Tage fünfundsiebzig Meilen südwärts kommen mussten, um die Seehunde zu finden, die wir in den beiden letzten Tagen aus den Augen verloren hatten.

Wir hatten die erste Wache von acht bis Mitternacht. Der Wind war zu einer steifen Brise angewachsen, und unser Steuermann schritt auf der Achterhütte hin und her und war sich bewusst, dass er diese Nacht nur wenig Schlaf bekommen würde. Die Toppsegel wurden aufgegeit und festgemacht, ebenso der Außenklüver. Hin und wieder brach ein ganzes Meer über das Deck, überflutete es und drohte die Boote zu zerschmettern. Um sechs Glasen wurde uns befohlen, sie umzudrehen und mit Sturmlaschings zu befestigen. Damit hatten wir bis acht Glasen zu tun, als wir durch die Mittelwache abgelöst wurden. Ich war der Letzte, der nach unten ging, und zwar gerade, als die Wache an Deck den Besan festmachte. Unten schlief alles außer der Grünen Hand, dem schwindsüchtigen, im Sterben liegenden Maurer. Die wild tanzende Schiffslampe warf ein blasses, flackerndes Licht durch die Back und verwandelte die Wassertropfen auf dem gelben Ölzeug in gelben Honig. In allen Ecken schienen

dunkle Schatten zu kommen und zu gehen, verschwanden unter den Pallbits, stiegen von Deck zu Deck und verkrochen sich, in der Dunkelheit wie Drachen in der Unterwelt lauernd. Wenn der Schoner einmal schwerer als gewöhnlich rollte, schien das Licht für einen Augenblick siegen zu wollen, um gleich wieder der Dunkelheit zu weichen, die dann schwärzer als zuvor erschien. Das Rauschen des durchs Tauwerk pfeifenden Windes drang ans Ohr wie das ferne Dröhnen eines Zuges, der über eine Brücke rollt, oder wie die Brandung am Strande, während das laute Krachen der Seen in Luv des Schiffes in der Back widerhallte, als wollte es Decksbalken und Planken auseinanderreißen. Das Knarren und Stöhnen der Spanten, Pfosten und Schotten bei der Kraftprobe, der das Schiff unterzogen wurde, übertönte das Stöhnen des Sterbenden, der sich in seiner Koje hin und her warf. Die Reibung des Fockmastes an den Decksbalken ließ einen Schauer flockigen Pulvers herabfallen und mischte einen neuen Ton in den Lärm des Sturmes.
Kleine Wasserbäche strömten aus Ritzen in die Back herab, vereinigten sich mit dem Wasser auf dem Ölzeug, flossen über den Fußboden und verschwanden hinter der großen Luke im Raum.
Um zwei Glasen in der Mittelwache – also um ein Uhr morgens – wurde der Befehl gegeben: »Alle Mann an Deck; Segel reffen!«

Die schläfrigen Matrosen taumelten aus ihren Kojen und in Kleider, Ölzeug und Seestiefel und eilten an Deck. Solche kalten Sturmnächte sind es, die bei diesem Befehl Jack grimmig murmeln lassen: »Wer würde nicht seinen Hof verkaufen und zur See gehen?«

An Deck lernte man jetzt, die Kraft des Windes voll zu würdigen, namentlich, wenn man aus der stickigen Back kam. Der Wind schien sich wie eine Mauer gegen einen zu stemmen und machte es fast unmöglich, sich zu bewegen oder auch nur zu atmen, wenn die starken Regenschauer herabgeschossen kamen. Unter Klüver, Fock und Großsegel drehte der Schoner bei. Es gelang uns, die Fock zu streichen und festzumachen. Die Nacht war dunkel, was uns sehr in der Arbeit behinderte. Dennoch half uns die Natur in gewisser Weise, obwohl weder Stern noch Mond die schwarzen Massen der Sturmwolken, die über den Himmel fegten und ihn verdunkelten, zu durchbrechen vermochte. Der bewegte Ozean strahlte ein sanftes Licht aus. Jede der mächtigen Seen phosphorisierte und leuchtete mit den winzigen Lichtern von Myriaden mikroskopischer Tierchen und drohte uns mit einer Sintflut von Feuer zu überwältigen. Immer höher, immer schmaler wurde der Wogenkamm, bis er sich wölbte, bog und tosend über Deck, Bollwerk und Reling eine Masse sanftglühenden Lichtes und viele Tonnen Wasser ergoss, dass die Matrosen nach allen Seiten krochen. In jedem Winkel, jeder Ritze hinterließ die Flut kleine Lichtflecken, die leuchteten und zitterten, bis die nächste Woge sie fortwusch und neue an ihrer statt hinterließ. Manchmal folgten sich die Seen mit großer Schnelligkeit und donnerten auf das Deck herab, füllten es bis zur Reling, um durch die Speigatten in Lee wieder abzufließen.

Um das Großsegel retten zu können, waren wir gezwungen, unter dem einmal gerefften Klüver vor dem Sturm zu laufen. Ehe wir noch mit der Arbeit fertig waren, hatte der Wind die See so aufgewühlt, dass es unmöglich war, beizudrehen. Dahin schossen wir auf den Schwingen des Sturmes durch Gischt und Sprühregen. Wir gierten scharf nach Steuerbord, dann wieder nach Backbord, wenn die ungeheuren Wogen den Schoner achtern trafen und das Schiff beinahe zerbrachen. Bei Tagesanbruch strichen wir den Klüver. Jetzt waren alle Segel festgemacht. Seit wir angefangen hatten zu lenzen, nahm das Schiff vorn kein Wasser mehr über, aber mittschiffs kamen die Seen stark und wild über uns hereingebraust. Es regnete nicht, aber die Kraft des Sturmes erfüllte die Luft mit einem feinen Sprühregen, der bis zu den Dwarssalingen flog und das Gesicht wie mit einem Messer schnitt. Dabei machte er es einem unmöglich, auch nur fünfzig Meter auf-

wärts zu sehen. Das Meer hatte eine dunkle Bleifarbe angenommen, und der Wind türmte flüssige Schaumberge auf, die sich mit langsamen majestätischen Rollen vorwärtsdrängten. Der Schoner wurde so herumgeworfen, dass man krank wurde.
Wenn das Schiff einen Wogenberg erklomm, machte es jedesmal fast Halt, um dann, wenn es den Gipfel erreicht hatte, mit furchtbarer Geschwindigkeit rechts und links zu rollen; dann beruhigte es sich und für einen Augenblick trat eine Pause ein, als erschräke es vor dem gähnenden Abgrund. Wie eine Lawine schoss es dann hinab, sobald die See es achtern mit einer Kraft von tausend Rammböcken traf. Der Bug wurde bis zu den Kranbalken im milchigen Gischt begraben, der von allen Seiten, vorn, achtern, backbord und steuerbord, durch die Speigatten und über die Reling brach.
Endlich ließ der Wind nach, und um zehn wurde von Beidrehen geredet. Wir passierten einen Dampfer, zwei Schoner und eine Viermastbark, die so wenig Leinwand wie möglich gesetzt hatten, und um elf setzten wir Besan und Klüver und drehten bei, um eine Stunde später unter vollen Segeln nach dem Robbengrund zurückzukehren.
Unten nähten ein paar Männer die Leiche des Maurers in Segelleinen ein, bereit, ihn in ein Seegrab zu senken. Die Seele des Maurers war mit dem Sturm dahingegangen.

# Westwärts!

—

*Was auch geschieht, halt westwärts! Halt westwärts!* – Segelanweisung für Kap Hoorn.

Sieben Wochen lang hatte die *Mary Rogers* zwischen dem 50. Grad südlicher Breite im Atlantischen Ozean und dem 50. Grad südlicher Breite im Stillen Ozean gelegen, was heißt, dass sie in diesen sieben Wochen gekämpft hatte, um Kap Hoorn zu runden. Sieben Wochen lang hatte sie, bis auf ein einziges Mal, ununterbrochen schlechtes Wetter gehabt, und dann, nach sechs Tagen besonders schlechten Wetters, das sie in Lee der furchtbaren Terra del Fuego-Küste abgeritten hatte, wäre sie beinahe in schwerer Dünung gestrandet, als plötzlich Totenstille eingetreten war. Sieben Wochen lang hatte sie mit den mächtigen Seen bei Kap Hoorn gekämpft und war von ihnen zerschlagen und umhergeworfen worden. Sie war ein Holzschiff, und durch den unaufhörlichen Druck waren die Planken leck gesprungen, sodass die Wache täglich zweimal an die Pumpen musste.

Die *Mary Rogers* war überanstrengt, die Besatzung war überanstrengt, und der Kapitän, der große Dan Cullen, war ebenfalls überanstrengt. Vielleicht war er am meisten überanstrengt, denn auf ihm ruhte die Verantwortung für diese Riesenarbeit. In der Regel schlief er angekleidet, aber er schlief nur selten. Die ganze Nacht spukte er auf dem Deck herum, ein großes, kräftiges, robustes Gespenst, dunkel und sonnenverbrannt in den dreißig Jahren, die er auf dem Meere verbracht hatte, und behaart wie ein Orang-Utan. Ihm wiederum spukte andauernd ein Gedanke im Kopf herum und diktierte ihm seine Handlungen, und das war eine Segelanweisung für Kap Hoorn: *»Was auch geschieht, halt westwärts! Halt westwärts!«* Das war bei ihm völlig zur fixen Idee geworden. Er dachte an nichts anderes, außer dass er zeitweise Gott lästerte, weil er ihm so schlechtes Wetter geschickt hatte.

Westwärts halten! Er klammerte sich an das Horn, und ein dutzendmal lag er beigedreht, das eiserne Kap Ost zu Nord oder Nord-Nord-Ost, an die zwanzig Meilen entfernt. Er kämpfte sich durch Orkan auf Orkan im Südseetreibeis auf dem 64. Grad südlicher Breite, und er gelobte den Mächten der Finsternis seine unsterbliche Seele, wenn sie ihm nur ein klein wenig Ostwind, einen kleinen Hauch senden wollten, sodass er das Horn runden könnte. Aber er kam immer wieder ostwärts. In seiner Verzweiflung hatte er versucht, durch die Le Maire-Straße zu fahren. Als er halb hindurchgelangt war, schlug der Wind nach Nordwest um, das Barometer fiel auf 28,88, und er machte kehrt und segelte vor dem wütenden Orkan davon, dass er um ein Haar die *Mary Rogers* auf die schwarzzähnigen Klippen gefahren hätte. Zweimal war er zu den Diego Ramirez-Klippen gekommen, und das eine Mal hatte ihn zwischen zwei Schneeböen nur der Anblick vom Grabmal der Schiffe eine viertel Seemeile rechts voraus gerettet.

Wind! Kapitän Dan Cullen dachte an all die dreißig Jahre, die er die See befahren hatte, und konnte sich nicht entsinnen, dass es je so heftig geweht hatte. Die *Mary Rogers* lag zu dem Zeitpunkt, als er dem Wetter dieses Zeugnis ausstellte, beigedreht, und um allem die Krone aufzusetzen, lag sie, ehe eine halbe Stunde vergangen war, mit dem Lukenrahmen im Wasser. Ihr neues Großtoppsegel und ihr nagelneues Gaffelsegel waren wie Packpapier zerfetzt, und fünf Segel, die mit doppelten Reffs beschlagen und festgemacht waren, wurden vom Sturm losgerissen und von den Rahen geweht. Und ehe es Morgen wurde, hatte die *Mary Rogers* noch zweimal auf der Breitseite gelegen, und es waren Löcher in ihre Schanzverkleidung gehauen worden, um das Deck von der schweren Last zu befreien, die das Weltmeer über sie wälzte.

Durchschnittlich einmal die Woche sah Kapitän Dan Cullen einen Schimmer von der Sonne. Einmal schien die Sonne zehn Minuten lang gegen Mittag, zehn Minuten darauf wehte wieder ein neuer Sturm; beide Wachen mussten Segel bergen, und alles verschwand in einer heftigen Bö mit stiebendem Schnee. Einmal hatte Kapitän Dan Cullen ganze vierzehn Tage lang nicht eine einzige Mittagsbreite oder Chronometerlänge nehmen können. Er kannte selten genauer als um einen halben Grad seine Position, außer, wenn er Land in Sicht hatte, denn Sonne und Sterne hielten sich andauernd verborgen, und bestenfalls taugte der Horizont nicht viel zu genauen Beobachtungen. Eine graue Finsternis ruhte über dem Universum. Die Wolken waren grau; die großen, anstürmenden Seen waren bleigrau; die rauchenden Wellengipfel waren eine kochende, graue Masse; selbst die Albatrosse, die hin und wieder auftauchten, waren grau, und die Schneeflocken waren nicht weiß, sondern grau unter dem grauen Leichentuch des Himmels.

Das Leben an Bord der *Mary Rogers* war grau – grau und trübselig. Die Gesichter der Seeleute waren graublau; sie waren voller Schrammen und Beulen, und die Leute litten furchtbar. Es waren die reinen Schatten von Männern. Seit sieben Wochen wussten sie nicht, was es heißt, trocken zu sein, ob sie sich in der Back befanden oder an Deck. Sie hatten vergessen, was es heißt, eine ganze Wache durchzuschlafen, denn in jeder Wache hieß es: »Alle Mann an Deck.« Hin und wieder verschafften sie sich einige Augenblicke qualvollen Schlafes, und dann schliefen sie in ihrem Ölzeug, bereit, dem ewigen Ruf zu gehorchen. So schwach und mitgenommen waren sie, dass beide Wachen zu Hilfe genommen werden mussten, um die Arbeit einer Wache zu verrichten. Deshalb waren beide Wachen fast immer an Deck, und keiner, und wenn er der Schatten eines Mannes gewesen wäre, hätte sich von der Arbeit drücken können. Es hätte mindestens ein gebrochenes Bein dazu gehört, um die Arbeit niederlegen zu dürfen, und doch gab es zwei Mann, die von den über das Schiff hereinbrechenden Seen derart misshandelt und zerschlagen waren, dass sie die ersehnte Freiheit erlangt hatten.

Noch ein Mann war ein Schatten seiner selbst, und dieser Mann war George Dorety. Er war der einzige Passagier an Bord, ein Freund des Reeders, und er hatte sich um seiner Gesundheit willen zu der Reise entschlossen. Aber die sieben Wochen bei Kap Hoorn hatten seiner Gesundheit nicht geholfen. In den langen Nächten, wenn das Schiff in den Seen stampfte und stampfte, japste und stöhnte er; und wenn er sich an Deck zeigte, war er, um sich warm zu halten, so eingepackt, dass er einem wandernden Trödlerladen glich. Mittags, wenn er am Tisch

in der Kajüte saß, wo es so finster war, dass die schwingenden Kajütenlampen beständig brannten, sah er grau und traurig aus wie der kränkste, melancholischste Mann in der Back. Es hatte auch keine ermunternde Wirkung auf ihn, dass er gegenüber am Tisch Kapitän Dan Cullen sah. Kapitän Dan Cullen kaute, blickte finster drein und verhielt sich im Übrigen schweigend. Sein finsteres Dreinblicken galt dem lieben Gott, und bei jedem Bissen, den er nahm, wiederholte er den einzigen Gedanken, für den sein Dasein Raum bot, nämlich: westwärts – immer westwärts. Er war ein großer, behaarter, brutaler Bursche, und sein Anblick wirkte nicht appetitanregend auf den anderen. In seinen Augen war George Dorety ein Jonas, und das erzählte er ihm einmal im Laufe jeder Mahlzeit, während er seine Wut vom lieben Gott auf den Passagier übertrug und umgekehrt.
Auch der Steuermann war nicht gerade appetitanregend. Joshua Higgins hieß er und war Seemann von Beruf und Ausbildung, aber Topfgucker von Natur, ein schlottriger, schnaufender Bursche ohne Seele und Herz, selbstsüchtig und feige, sterbensängstlich vor Dan Cullen und ein furchtbarer Tyrann den Leuten gegenüber, die wussten, dass hinter dem Steuermann Kapitän Cullen stand, Gesetzgeber und Bezwinger, Sklavenpeitscher und Vernichter, die Inkarnation von einem Dutzend

Leuteschinder. In dem unheimlichen Wetter an der Südspitze der Erde hörte Joshua Higgins ganz auf, sich zu waschen, und sein schmutziges Gesicht raubte George Dorety in der Regel das bisschen Appetit, das er glücklich zu den Mahlzeiten zusammengekratzt hatte. Unter gewöhnlichen Verhältnissen würde dieses Versäumnis gegen die Reinlichkeit Kapitän Cullens Aufmerksamkeit erregt und ihm Gelegenheit zur Anwendung seines trefflichen Wortschatzes gegeben haben, augenblicklich aber drehten sich alle seine Gedanken nur darum, westwärts zu halten, sodass alles, was nichts hiermit zu tun hatte, ihm völlig gleichgültig war. Ob das Gesicht des Steuermanns sauber oder schmutzig war, hatte keinen Einfluss auf den Kurs. Später, wenn sie den 50. Grad südlicher Breite im Stillen Meer erreicht hätten, würde Joshua Higgins ganz plötzlich beginnen, sein Gesicht zu waschen. Bis dahin aber saß George Dorety am Tisch in der Kajüte, wo die graue Dämmerung das Lampenlicht ablöste, so oft die Lampen gefüllt werden sollten, saß dort zwischen den zwei Männern – einem Tiger und einer Hyäne – und grübelte, warum Gott sie erschaffen haben mochte. Der zweite Steuermann, Matthew Turner, war ein echter Seebär und ein Mann, aber George Dorety genoss nicht den Trost, mit ihm zusammen zu sein, denn er saß ganz allein für sich, wenn die anderen fertig waren.

Als George Dorety am Sonnabendmorgen, den 24. Juli, aufwachte, hatte er ein Gefühl von Leben und sich überstürzender Bewegung. Er kam an Deck und sah, dass die *Mary Rogers* vor einem heulenden Südost dahinschoss. Außer Untermarssegel und Fock war kein Segel gesetzt. Das war alles, was das Schiff tragen konnte, und doch machte es vierzehn Knoten, wie der zweite Steuermann Dorety, als er an Deck erschien, ins Ohr brüllte. Und es ging westwärts. Sie sollten endlich Kap Hoorn runden ... wenn der Wind sich nur hielt. Der zweite Steuermann sah sehr froh aus, denn das Ende des Kampfes war in Sicht. Aber Kapitän Cullen sah nicht froh aus. Er warf einen gereizten Blick auf Dorety, als er vorbeiging. Kapitän Cullen wollte nicht, dass der liebe Gott ihm seine Freude über den Wind anmerkte. Er hatte die Vorstellung von einem übelgesinnten Gott und glaubte im Innersten, wenn Gott wüsste, dass es ein ersehnter Wind war, so würde er ihn sofort unterdrücken und einen Orkan aus Westen schicken. Und deshalb war er sehr vorsichtig mit dem lieben Gott, er verbarg sein Entzücken hinter der finsteren Miene und stieß leise Flüche aus, um auf diese Weise Gott anzuführen – Gott war nämlich das Einzige zwischen Himmel und Erde, wovor Dan Cullen sich fürchtete.
Den ganzen Sonnabend und die darauf folgende Nacht schoss die *Mary Rogers* weiter nach Westen.

Sie machte anhaltend ihre vierzehn Knoten, am Sonntagmorgen hatte sie eine Strecke von dreihundertfünfzig Meilen zurückgelegt. Wenn der Wind sich hielt, kamen sie herum. Flaute er ab und kam der Sturm aus einer anderen Richtung zwischen Südwest und Nord, so wurde die *Mary Rogers* zurückgetrieben und war nicht besser dran, als sie seit sieben Wochen gewesen. Und am Sonntagmorgen wollte der Wind wirklich abflauen. Die großen Seen legten und glätteten sich. Beide Wachen waren auf Deck und setzten Segel auf Segel, so viel das Schiff tragen konnte. Und jetzt ging Kapitän Cullen umher, war ein großer Mann vor dem lieben Gott, rauchte eine lange Zigarre und lächelte triumphierend, als ob der abnehmende Wind ihn freute, während er innerlich gegen den lieben Gott wütete, weil er dem gesegneten Wind das Lebenslicht ausblasen wollte. Westwärts halten! Ja, das wollte er, wenn der liebe Gott ihn nur in Frieden ließ. Im Geheimen schloss er wieder einen Pakt mit den Mächten der Finsternis, wenn sie ihn nur weiter westwärts kommen lassen wollten. Diesen Pakt schloss er leichten Herzens, weil er an die Mächte der Finsternis nicht glaubte. In Wirklichkeit glaubte er nur an Gott, obgleich er es selber nicht wusste. Und in seiner umgekehrten Theologie war Gott in Wirklichkeit der Fürst der Finsternis. Kapitän Cullen war Teufelsanbeter, aber er nannte den Teufel bei einem anderen Namen – das war alles.

Gegen Mittag, als es eben acht Glasen geschlagen hatte, gab Kapitän Cullen Befehl, die Oberbramsegel zu setzen. Die Männer gingen schneller nach oben, als sie seit Wochen getan hatten. Das kam nicht nur daher, dass es jetzt westwärts ging, eine gnädige Sonne sandte auch ihre Strahlen auf sie herab und half ihnen, die steifen Glieder geschmeidiger zu machen. George Dorety stand achtern in der Nähe Kapitän Cullens, weniger eingepackt als gewöhnlich, und sein ganzer Körper sog die milde Wärme ein, während er das Schauspiel betrachtete, das sich an Deck entfaltete. Da plötzlich geschah es. Von der Voroberbramstenge scholl der Ruf: »Mann über Bord!« Ein Rettungsring wurde ins Wasser geworfen, und im selben Augenblick hörten die Leute achtern den klaren, gebieterischen Ruf des zweiten Steuermanns:

»Hart nieder das Ruder!«

Der Mann am Ruder rührte sich nicht von der Stelle. Er war klüger, denn Kapitän Dan Cullen stand neben ihm. Er hatte die größte Lust, das Ruder niederzulegen, hart nieder sogar um des Kameraden willen, der jetzt im Wasser lag und ertrinken könnte. Er warf einen Blick auf Kapitän Dan Cullen, und Kapitän Dan Cullen rührte sich nicht.

»Nieder! Hart nieder!«, brüllte der zweite Steuermann und sprang nach achtern.

Aber er sprang nicht weiter, kommandierte nicht mehr und stand ganz still, als er Dan Cullen am Ruder sah. Und der große Dan Cullen paffte seine Zigarre und sagte nichts. Achteraus in einer Entfernung, die sich schnell vergrößerte, konnten sie den Matrosen sehen. Er hatte den Rettungsring ergriffen und hielt sich daran fest. Niemand rührte sich. Die Männer in der Takelung klammerten sich an die Marsstengen und sahen mit entsetzten Gesichtern zu. Die *Mary Rogers* schoss weiter, immer westwärts. Eine lange, schweigende Minute verging.

»Wer war es?«, fragte Kapitän Cullen.

»Mops, Käptn!«, antwortete der Matrose am Ruder eifrig.

Mops kam auf dem Gipfel einer Welle achteraus zum Vorschein und verschwand für eine Weile im Wellental. Es war eine große Woge, aber kein Brecher. Ein kleines Boot konnte sich gut in dieser See halten, und in dieser See konnte die *Mary Rogers* gut beidrehen. Aber sie konnte nicht gleichzeitig beidrehen und westwärts halten.

Zum ersten Mal in seinem Leben sah George Dorety ein wirkliches Drama auf Leben und Tod, ein elendes Drama, bei dem ein unbekannter Seemann namens Mops gegen ein paar Meilen Länge in die Waagschale gelegt wurde. Anfangs hatte er den Mann achteraus beobachtet, jetzt aber beobachtete er den großen Dan Cullen, der eine Zigarre

rauchte – behaart und finster – Herr über Leben und Tod.
Kapitän Dan Cullen rauchte noch eine lange Minute in vollkommenem Schweigen. Dann nahm er die Zigarre aus dem Munde. Er warf einen Blick auf die Rundhölzer der *Mary Rogers* und über das Schiff hinaus aufs Meer.
»Holt die Maststengen ein!«, rief er.
Eine Viertelstunde später saßen sie in der Kajüte, das Essen vor sich auf dem Tisch. An der einen Seite von George Dorety saß Dan Cullen, der Tiger, auf der anderen Seite Joshua Higgins, die Hyäne. Keiner von ihnen sagte etwas. An Deck setzte die Mannschaft Skysegel. George Dorety konnte ihre Rufe hören, während er in Gedanken immer noch einen Mann namens Mops vor sich sah, einen lebendigen, gesunden und tüchtigen Mann, der sich mehrere Meilen achteraus in dem einsamen Meer an einen Rettungsring klammerte. Er sah Kapitän Cullen an, und ein würgendes Gefühl überkam ihn, denn der Mann aß sein Essen mit Wohlbehagen, ja, direkt mit Heißhunger.
»Kapitän Cullen«, sagte Dorety, »Sie sind der Schiffer hier, und es kommt mir nicht zu, Bemerkungen über ihr Benehmen zu machen. Aber ich will Ihnen nur eins sagen. Es gibt ein Leben nach diesem, und im anderen Leben wird Ihnen tüchtig eingeheizt werden.«

Kapitän Cullen blickte nicht einmal finster drein. Seine Stimme klang ganz bedauernd, als er sagte: »Es war Orkan. Es war unmöglich, den Mann zu retten.«
»Er fiel von der Oberbramstenge«, rief Dorety heftig. »Sie setzten gerade die Oberbramsegel. Eine Viertelstunde später setzten Sie die Skysegel.« »Es war Orkan, nicht wahr, Steuermann?«, wandte Kapitän Cullen sich an den Steuermann.
»Wenn Sie beigedreht hätten, wären die Masten über Bord gegangen«, lautete die Antwort des Steuermanns. »Sie haben sich ganz korrekt benommen, Käpt'n. Der Mann hatte nicht die geringste Möglichkeit.«
George Dorety antwortete nicht, und bis zum Ende der Mahlzeit wurde kein Wort gesprochen. Von jetzt an nahm Dorety seine Mahlzeit in seiner eigenen Kajüte ein. Kapitän Cullen warf ihm keine finsteren Blicke mehr zu, obgleich sie kein Wort miteinander wechselten, während die *Mary Rogers* westwärts nach wärmeren Breitengraden eilte. Gegen Schluss der Woche drängte Dan Cullen Dorety in eine Ecke an Deck, sodass er nicht entkommen konnte. »Was werden Sie tun, wenn wir nach Frisco kommen?«, fragte er brutal.
»Ich werde Sie wegen Mordes anzeigen und dafür sorgen, dass Sie an den Galgen kommen«, antwortete Dorety ruhig.

»Sie haben einen schönen Glauben an sich«, spottete Kapitän Cullen, ihm den Rücken kehrend.

Noch eine Woche verging, und eines Morgens stand Dorety in der Kajütstür an der Vorderkante des langen Hüttendecks und sah sich zum ersten Mal an Deck um. Die *Mary Rogers* lag mit vollen Segeln in einer steifen Brise am Wind. Jedes Segel war gesetzt und prall. Kapitän Cullen schlenderte das Hüttendeck entlang, scheinbar völlig unbekümmert, aber hin und wieder warf er einen heimlichen Blick auf seinen Passagier. Dorety, dessen Kopf und Schultern zum Kajütsaufgang herausguckten, sah nach der anderen Seite, und nur sein Nacken war sichtbar. Kapitän Cullen ließ einen schnellen Blick von der großen Stagsegelschot nach seinem Kopf schweifen und maß die Entfernung. Er sah sich um. Niemand bemerkte ihn. Joshua Higgins, der achtern auf und ab ging, hatte ihm gerade den Rücken gekehrt und sah nach der anderen Seite. Kapitän Cullen beugte sich plötzlich vor und löste die Stagsegelschot von ihrem Nagel. Der schwere Block sauste durch die Luft, zerschmetterte Doretys Kopf wie eine Eierschale und schlug hin und her, während das Stagsegel im Winde klapperte. Joshua Higgins wandte sich um, um zu sehen, was losgegangen war, und wurde mit einem Strom von Kapitän Cullens schlimmsten Flüchen begrüßt.

»Ich habe selbst die Schot festgemacht«, jammerte der Steuermann, sobald er zu Worte kam, »und das sogar mit einem Extratörn, um ganz sicher zu sein. Das weiß ich genau.«
»Festgemacht?«, knurrte der Kapitän zurück, damit die Wache ihn hörte, die sich abmühte, das klatschende Segel wieder festzumachen, ehe es ganz zerriss. »Sie könnten nicht mal Ihre Großmutter festmachen, Sie verfluchter Topfgucker! Wenn Sie die Schot mit einem Extratörn festgemacht hatten, warum zum Teufel hielt sie dann nicht? Das möchte ich wohl wissen. Warum, zum Teufel, hielt sie nicht?«
Der Steuermann gab ein unartikuliertes Wimmern von sich.
»Ach, halt's Maul!« Hiermit schnitt Kapitän Cullen jede weitere Diskussion ab.
Eine halbe Stunde später war er am meisten von allen überrascht, als George Doretys Leiche am Fuß der Kajütstreppe gefunden wurde, und am Nachmittag, als er allein in seiner Kabine war, verarztete er das Journal:
»Matrose Karl Brun wurde von der Voroberbramsegelstenge in einem Orkan über Bord geschleudert. Wir machten zu dem Zeitpunkt große Fahrt und wagten aus Rücksicht auf die Sicherheit des Schiffes nicht, zu ihm hinzulaufen. Die See war so schwer, dass kein Boot durchgekommen wäre.«

Auf eine andere Seite schrieb er:
›Ich hatte Herrn Dorety oft vor der Gefahr gewarnt, der er sich in seiner Unvorsichtigkeit an Deck aussetzte. Ich hatte ihm eines Tages gesagt, dass ihm noch der Kopf von einem Block zerschlagen würde. Eine Großstagsegelschot, die nicht genügend festgemacht war, trug die Schuld an diesem Unglücksfall, der umso bedauerlicher war, als Herr Dorety bei uns allen sehr beliebt war.«
Kapitän Dan Cullen las mit Bewunderung sein literarisches Machwerk durch, trocknete es mit Löschpapier und schloss das Journal. Er fühlte, wie die *Mary Rogers* sich hob, überkrängte und sich auf den Wogen wiegte, und er wusste, dass sie neun Knoten die Stunde machte. Sein finsteres, behaartes Gesicht verklärte sich langsam zu einem zufriedenen Lächeln. Nun ja, er war doch jedenfalls westwärts gekommen und hatte den lieben Gott angeführt.

# Dass Tote nie auferstehen

In dem Monat, in den mein siebzehnter Geburtstag fiel, heuerte ich auf der *Sophie Sutherland* an, einem Dreimast-Marssegelschoner, der für eine siebenmonatige Fangreise auf Seehunde nach Japan bestimmt war. Wir liefen von San Francisco aus, und ich sah mich unverzüglich einem Problem von nicht unbeträchtlichem Ausmaß gegenüber. Wir waren zwölf Leute im Logis, zehn davon alte Teerjacken. Ich war nicht nur ein junger Mensch und auf meiner ersten Seereise, sondern ich hatte auch Männer als Schiffskameraden, die aus der harten Schule der europäischen Handelsmarine kamen. Als Schiffsjungen hatten sie ihren gewöhnlichen Dienst versehen und zusätzlich, uraltem Brauch auf den Meeren gemäß, Sklaven der Leicht- und Vollmatrosen sein müssen. Wenn sie Leichtmatrosen wurden, waren sie immer noch Sklaven der Vollmatrosen. So befiehlt etwa im Logis, wenn die Wache vorbei ist, ein in seiner Koje liegender Vollmatrose einem Leichtmatrosen, ihm die Schuhe zu holen oder einen Schluck Wasser zu bringen. Nun liegt der

Leichtmatrose vielleicht gerade in *seiner* Koje. Er ist genauso müde wie der Vollmatrose. Trotzdem muss er heraus aus seiner Koje und Handlanger sein. Wenn er sich weigert, setzt es Hiebe. Falls er zufällig so stark ist, dass er den Vollmatrosen verprügeln kann, stürzen sich sämtliche Vollmatrosen oder so viele, wie eben nötig sind, auf den armen Teufel und verdreschen ihn.

Jetzt wird mein Problem offenbar. Diese zähen skandinavischen Matrosen hatten eine harte Schule durchlaufen. Als Schiffsjungen hatten sie ihre Kameraden bedient, und als Vollmatrosen erwarteten sie, von anderen Schiffsjungen bedient zu werden. Ich war ein Junge – zugleich hatte ich den Körper eines ausgewachsenen Mannes. Ich war nie zuvor zur See gefahren – trotzdem war ich ein guter Seemann und kannte mich aus. Entweder behauptete ich mich gegen sie, oder ich ging unter – das war die Lage. Ich hatte als Ebenbürtiger angeheuert, und ich musste mich behaupten, wenn ich nicht unter ihnen sieben Monate die Hölle erdulden wollte. Und genau an dieser Gleichrangigkeit stießen sie sich. Mit welchem Recht war ich ihnen ebenbürtig? Ich hatte mir dieses hohe Privileg nicht verdient. Ich hatte nicht die Leiden durchgemacht, die sie als malträtierte Schiffsjungen oder tyrannisierte Leichtmatrosen erduldet hatten. Schlimmer noch, ich war eine Landratte, die ihre erste Reise machte. Und trotzdem war ich ihnen im Heuervertrag durch die Ungerechtigkeit des Schicksals gleichgestellt.

Meine Methode war überlegt und simpel und drastisch. Erstens beschloss ich, meine Arbeit, gleichgültig wie hart oder gefährlich sie sein mochte, so gut zu tun, dass niemand genötigt sein würde, sie für mich zu erledigen. Außerdem stählte ich meine Muskeln. Ich drückte mich nie, wenn Leinen durchzusetzen waren, denn ich wusste, dass meine Logiskameraden mit Adleraugen auf eben solche Beweise meiner Unterlegenheit lauerten. Ich machte es mir zum Prinzip, beim Wachwechsel unter den Ersten zu sein, die an Deck gingen, und unter den Letzten, die nach unten gingen, nie eine Schot oder Leine zurückzulassen, dass jemand anders sie aufschießen musste. Ich war immer eifrig dabei, wenn es galt, aufzuentern, um Schoten und Halsen zu schiften oder um Topsegel zu setzen oder zu bergen; bei solchen Arbeiten tat ich mehr als meinen Teil.

Außerdem reagierte ich überempfindlich. Ich war nicht gewillt, Beleidigungen oder auch nur die geringste Bevormundung hinzunehmen. Bei der leisesten Andeutung davon ging es mit mir durch – ich explodierte. Ich unterlag vielleicht im anschließenden Kampf, aber ich hinterließ den Eindruck, dass ich ein Hitzkopf sei und mich beim nächsten Anlass wieder schlagen würde. Es war meine Absicht zu demonstrieren, dass ich keinerlei Zumutung hinnehmen würde. Ich machte allen klar, dass derjenige, der mir etwas vorschreiben wollte, unweigerlich eine Schlägerei am Hals hatte. Und da ich gute Arbeit leistete, führte der angeborene Gerechtigkeitssinn der Männer im Verein mit ihrer natürlichen Abneigung gegen Prügeleien mit einem kratzenden und wild um sich schlagenden Hitzkopf bald dazu, dass sie vom Herumkommandieren abließen. Nach anfänglicher Verärgerung wurde mein Verhalten akzeptiert, und es war mein ganzer Stolz, dass man mich theoretisch wie praktisch als ebenbürtig anerkannte. Von da an lief alles ausgezeichnet, und es versprach, eine gute Reise zu werden.

Außer den zehn Skandinaviern und mir war noch jemand im Logis. Wir wussten nie, wie dieser zwölfte Mann hieß, und begnügten uns damit, ihn den »Maurer« zu nennen. Er stammte aus Missouri – zumindest hatte er es gesagt, als er uns in den ersten Tagen der Reise einiges über sich selbst erzählte. Bei dieser Gelegenheit hatten wir noch ein paar andere Dinge erfahren. Er war Maurer von Beruf und hatte sogar, bevor er zu uns stieß, noch nie in seinem Leben Salzwasser gesehen. Als er in San Francisco angekommen war und die Bucht erblickte, sah er es zum ersten Mal. Warum ausgerechnet er mit seinen vierzig Jahren den Drang verspürte, zur See zu fahren, überstieg unser aller Begriffsvermögen; denn wir waren einmütig der Überzeugung, dass noch nie ein Mensch, der sich so wenig wie er für die See eignete, an Bord eines Schiffes gegangen war. Aber er hatte es getan. Nach einem einwöchigen Aufenthalt in einem Seemannsheim hatte man ihn uns als Vollmatrosen präsentiert.

Wir alle sahen uns gezwungen, seine Arbeit mitzuverrichten. Nicht genug, dass er von nichts eine Ahnung hatte, erwies er sich auch noch als unfähig, irgendetwas zu lernen. Man mochte sich noch so sehr bemühen, man konnte ihm nie das Steuern beibringen. Für ihn muss der Kompass ein unergründbar und ehrfürchtig bestauntes Ding gewesen sein. Er begriff nie die Hauptstriche der Kompassrose und schon gar nicht das Steuern und Stützen, um das Schiff auf Kurs zu halten. Er kam nie dahinter, welches Tauwerk von links nach rechts und welches von rechts nach links aufgeschossen werden musste. Es ging über seinen Verstand, den einfachen Trick zu erlernen, mit dem ganzen Körpergewicht beim Holen und Durchsetzen in die Leinen einzufallen. Die simpelsten Knoten und Rundtörns waren für ihn unerlernbar, und er hatte Todesangst davor, in die Masten aufzuentern. Drangsaliert von Kapitän und Maat, wurde er eines Tages doch dazu gezwungen. Er brachte es auch fertig, bis unter die Saling zu kommen, aber dort blieb er wie festgefroren an den Webeleinen hängen. Zwei Matrosen mussten hinterher und ihm nach unten helfen.

All das wäre schon schlimm genug gewesen, aber es ab noch Schlimmeres. Er war obendrein noch gemein, tückisch, dreckig und ohne natürlichen Anstand. Er war ein großer, kräftiger Mann, und er schlug sich mit jedem, aber ohne Fairness. Seine erste Auseinandersetzung an Bord, am ersten Tag auf See, hatte er mit mir. Er wollte sich einen Priem von einer Tafel Kautabak abschneiden und nahm dazu das Messer von meinem eigenen Besteck, worauf ich, überempfindlich, wie ich war, prompt explodierte. Später schlug er sich dann auch mit fast allen von uns. Als seine Kleidung so dreckig geworden war, dass wir es nicht mehr ertragen konnten, weichten wir sie ein und passten auf, während er sich wusch. Kurz, der Maurer war eine jener schauderhaften und grässlichen Kreaturen, die man selbst erlebt haben muss, um davon überzeugt zu sein, dass es sie wirklich gibt. Kurz gesagt, er war ein Vieh, und wir behandelten ihn auch wie ein Vieh. Und erst jetzt, wenn ich über all die Jahre hinweg zurückblicke, erkenne ich, wie herzlos wir ihm gegenüber waren. Ihn traf keine Schuld. Es lag in seiner Natur, dass er nicht anders sein konnte, als er war. Er hatte sich nicht selbst erschaffen, und für seinen Charakter war er nicht verantwortlich. Und doch gingen wir mit ihm um wie mit einem, der aus freiem Willen handelte, und machten ihn bei allem persönlich verantwortlich dafür, wie er war und wie er nicht sein sollte. Infolgedessen behandelten wir ihn nicht weniger furchtbar, als er selber furchtbar war. Schließlich straften wir ihn durch Stillschweigen und sprachen vor seinem Tod wochenlang kein Wort mehr mit ihm. Auch er sprach nicht mehr mit uns. Und in all den Wochen, ob er sich unter uns bewegte oder ob er in unserem engen Logis in seiner Koje lag, stets fletschten uns aus ihm sein Hass und seine Feindseligkeit entgegen. Er war dem Tod geweiht und wusste es, und wir wussten es auch. Und er schien auch zu wissen, dass wir ihm den Tod wünschten. Er machte uns das Leben zur Last mit seiner Gegenwart, unser raues Leben, das raue Männer aus uns machte. Und so starb er, starb in dem engen Raum, in dem sich zwölf Leute zusammendrängten, so allein und verlassen, als stürbe er auf einem einsamen Berggipfel. Kein freundliches Wort, auch kein letztes Wort wurde gewechselt. Er starb, wie er gelebt hatte, als Vieh, und er starb hasserfüllt und von uns wiedergehasst. Und nun komme ich zu dem erschreckendsten und bestürzendsten Ereignis meines Lebens.

Kaum war er tot, da wurde er über Bord befördert. Er starb in einer stürmischen Nacht, tat seinen letzten Atemzug, als sich die Matrosen auf den Ruf »Alle Mann an Deck!« hin in ihr Ölzeug warfen. Und er wurde einige Stunden später, an einem stürmischen Tag, der See übergeben. Nicht einmal eine Hülle aus

Segeltuch zierte seine sterblichen Überreste; auch hielt man ihn keiner Eisengewichte an den Füßen für würdig. Wir nähten ihn in die Decken ein, in denen er gestorben war, und legten ihn an Backbord auf einen Lukendeckel vor der Großluke. Ein Jutesack, halbvoll mit Kohlen aus der Kombüse, wurde an seinen Füßen befestigt.
Es war bitterkalt. Zur Luvseite hin waren jedes Tau, jede Spiere und jeder Stag vereist und die ganze Takelage eine Harfe, die unter der wilden Hand des Windes sang und schrie. Der Schoner lag beigedreht und schlingerte und rollte in der See, die Lee-Speigatten lagen unter Wasser, und ständig flutete eisiges Salzwasser übers Deck. Wir vom Logis standen in Stiefeln und Ölzeug da. Unsere Hände steckten in Fausthandschuhen, doch unsere Köpfe waren entblößt angesichts des Todesfalls, der uns aber gleichgültig ließ. Die Ohren taten uns weh und wurden gefühllos und weiß, und wir warteten nur darauf, dass der Leichnam endlich fort sein würde. Doch die Trauerfeier zog sich endlos hin. Der Kapitän hatte die richtige Stelle nicht gefunden, und während er ohne jeden Bezug weiterlas, froren wir uns fast die Ohren ab und ärgerten uns über dieses letzte Ungemach, das uns dieser Leichnam noch bereitete. Von Anfang bis Ende war mit dem Maurer alles verkehrt gelaufen. Schließlich riss der Sohn des Kapitäns, über die Maßen erzürnt, dem Alten

das Buch aus den starren Fingern und suchte mit Erfolg die richtige Stelle. Wieder setzte die zittrige Stimme des Kapitäns ein. Dann kam das Stichwort: »Und der Leichnam soll dem Meer übergeben werden.« Wir hoben den Lukendeckel an, und der Maurer platschte ins Wasser und verschwand.

Ins Logis zurückgekehrt, machten wir klarschiff, wuschen die Koje des Toten aus und beseitigten jede Spur von ihm. Dem Gesetz und dem Brauch auf See gemäß hätten wir seine Habseligkeiten einsammeln und dem Kapitän übergeben müssen, der später eine Versteigerung abgehalten hätte, bei der wir auf die verschiedenen Gegenstände bieten konnten. Aber niemand wollte sie, und so warfen wir sie raus und brachten sie an Deck und schmissen sie über Bord, dem Leichnam hinterher - die letzte Misshandlung, die wir ersinnen konnten, um uns an dem Mann zu rächen, den wir derart gehasst hatten. Oh, wir benahmen uns ungehobelt, das darf man mir glauben; aber wir lebten auch ein ungehobeltes Leben, und wir waren so ungehobelt wie dieses Leben.

Die Koje des Maurers war besser als meine. Es tropfte weniger Wasser von oben herab, und das Licht war besser zum Lesen. Das war der eine Grund, aus dem ich mich anschickte, in seine Koje überzuwechseln, aber der andere war mein Stolz. Ich wusste, dass die Matrosen abergläubisch waren, und ich beschloss, ihnen mit dieser Handlungsweise zu zeigen, dass ich mutiger war als sie. Ich würde meine bereits erwiesene Ebenbürtigkeit durch eine Tat krönen, die sie nötigen würde, meine Überlegenheit anzuerkennen. Oh, die Arroganz der Jugend! Aber reden wir nicht mehr davon. Die Matrosen waren entsetzt über mein Vorhaben. Samt und sonders wiesen sie mich warnend darauf hin, dass in der Geschichte der Seefahrt kein Mann, der die Koje eines Toten übernommen hatte, das Ende der Reise erlebt habe. Sie führten Fall um Fall aus eigener Erfahrung als Beispiel an. Ich war halsstarrig. Dann baten und bettelten sie, was meinem Stolz insofern schmeichelte, als es bewies, dass sie mich wirklich mochten und sich Sorgen um mich machten. Aber es diente nur dazu, mich in meiner Narrheit zu bestärken. Ich zog um und bekam, in der Koje des Toten liegend, den ganzen Nachmittag und den ganzen Abend viele grässliche Prophezeiungen in Bezug auf meine Zukunft zu hören. Außerdem wurden Geschichten von furchtbaren Todesfällen und schaurigen Geistern erzählt, die uns insgeheim alle frösteln machten. Völlig durchdrungen davon, aber trotzdem darüber spottend, drehte ich mich gegen Ende der zweiten Hundewache auf die Seite und schlief ein.

Zehn Minuten vor zwölf wurde ich geweckt, und um zwölf war ich angezogen und an Deck, um den Mann abzulösen, der mich geweckt hatte. Wenn man im Fanggebiet beigedreht liegt, ist die Nacht über immer nur jeweils ein Mann auf Wache, der eine Stunde an Deck bleibt. Es war zwar eine dunkle, aber keine stockfinstere Nacht. Die steife Brise nahm ab, und die Bewölkung lockerte sich auf. Eigentlich hätte der Mond scheinen müssen, und irgendwie ging, wenn er auch unsichtbar blieb, ein schwacher, verschwommener Schimmer von ihm aus. Ich schritt mittschiffs auf und ab. Meine Gedanken waren erfüllt von den Ereignissen des Tages und den entsetzlichen Geschichten, die meine Kameraden erzählt hatten, und trotzdem wage ich hier und jetzt zu behaupten, dass ich keine Angst verspürte. Ich war ein gesundes Wesen und überdies mit Swinburne der Meinung, dass Tote nie auferstehen. Der Maurer war tot und damit basta. Er würde nie auferstehen – zumindest nicht auf dem Deck der *Sophie Sutherland*. Er war bereits in der Tiefe des Ozeans, viele Meilen im Luv von unserem treibenden Schoner, und wahrscheinlich schon portionsweise auf die Mägen vieler Haie verteilt. Trotzdem dachte ich über die Geschichten von den Geistern der Toten nach, die ich gehört hatte, und versank in Grübeleien über die Geisterwelt. Ich kam zu dem Schluss, dass die Geister der Abgeschiedenen, wenn sie noch die Welt durchstreiften, die Gut- oder Bösartigkeit ihres irdischen Daseins beibehalten hätten. Unter Annahme dieser Hypothese (die ich mir nicht im geringsten zu eigen machte) müsste der Geist des Maurers so hassenswert und tückisch sein, wie er selbst es zu Lebzeiten gewesen war. Doch es gab keine Geister von welchem Maurer auch immer – davon war ich fest überzeugt.

Ein paar Minuten war ich so, in Gedanken versunken, auf und ab gegangen. Dann blickte ich zufällig nach vorn, an der Backbordseite entlang, machte jäh einen Satz wie ein aufgescheuchtes Reh und rannte in blindem, irrem Entsetzen nach achtern, übers Achterdeck und auf die Kajüte zu. Dahin waren meine ganze jugendliche Arroganz und meine intellektuelle Gelassenheit. Ich hatte einen Geist gesehen. Dort, im trüben Licht, dort, wo wir den Toten über Bord befördert hatten, hatte ich eine schwache, schwankende Gestalt gesehen, 1,80 Meter war sie lang, schmal und von so dünner Substanz, dass ich durch sie hindurch das Muster der Takelage des Fockmastes gesehen hatte.

Ich war von Panik ergriffen wie ein scheuendes Pferd. Ich hatte aufgehört, als Ich zu existieren. Mich durchzitterten die Instinkte von zehntausend Generationen abergläubischer Vorfahren, die sich vor der Dunkelheit und den Mächten der Finsternis gefürchtet hatten. Ich war nicht ich. Ich war wahrhaftig stellvertretend für jene zehntausend Vorfahren. Ich war die Gattung, das ganze menschliche Geschlecht in seinem abergläubischen Früh-

stadium. Erst als ich schon auf dem Niedergang war, kehrte meine Identität zurück. Ich gebot mir Einhalt in meiner Flucht und klammerte mich an dem steilen Niedergang fest, nach Atem ringend, zitternd und benommen. Niemals, zuvor nicht und nicht danach, erlitt ich einen solchen Schock. Ich hielt mich am Niedergang fest und dachte nach. Ich konnte nicht an meinen Sinnen zweifeln. Es stand außer Frage, dass ich dort etwas gesehen hatte. Aber was? Es war entweder ein Geist oder ein Scherz. Etwas anderes konnte es nicht sein. Falls es ein Geist war, lautete die Frage: Würde er noch einmal erscheinen? Wenn ich die Offiziere des Schiffes weckte und er nicht erschien, würde ich mich für alle an Bord zur Zielscheibe ihres Spottes machen. Und falls es sogar nur ein Scherz war, würde ich noch lächerlicher dastehen. Wenn ich mir meine hart erkämpfte Gleichberechtigung erhalten wollte, durfte ich niemanden wecken, bevor ich nicht geklärt hatte, worum es sich bei dieser Erscheinung eigentlich handelte.
Ich bin mutig, ich wage, das zu behaupten. Ich stieg zwar zitternd und zagend den Niedergang hinauf, doch ging ich zu der Stelle zurück, von der aus ich die Erscheinung gesehen hatte. Sie war verschwunden. Doch der Mut war mir gesunken. Obwohl ich nichts erblicken konnte, hatte ich Angst nach vorn zu gehen, zu der Stelle wo ich sie gesehen hatte. Ich

begann, wieder auf und ab zu schreiten, und warf viele bange Blicke nach dem furchterregenden Ort, aber es zeigte sich nichts. Als ich meinen Gleichmut wiedergefunden hatte, gelangte ich zu dem Schluss, dass die ganze Angelegenheit ein Blendwerk der Fantasie gewesen sei und dass ich bekommen hätte, was ich wirklich verdiente, weil ich mir erlaubt hatte, über solche Sachen nachzubrüten.
Ich konnte wieder wie beiläufig und nicht bang nach vorn blicken, und dann war ich erneut plötzlich ein Irrer, der wie wild nach achtern raste. Ich hatte die Erscheinung wieder gesehen, die lange, schwankende, feine Substanz, durch die hindurch man vorn die Takelage erkennen konnte. Diesmal hatte ich erst das Achterdeck erreicht, als ich mir Einhalt gebot. Wieder dachte ich über die Lage nach, und der Stolz gab den Ausschlag bei dieser Beratung mit mir selbst. Ich konnte es mir nicht leisten, mich zur Zielscheibe des Spotts zu machen. Dieser Erscheinung musste ich, was es auch sein mochte, allein gegenübertreten. Ich musste es selber schaffen. Ich schaute mich nach der Stelle um, wo wir den Maurer der See übergeben hatten. Sie war leer. Nichts rührte sich. Und zum dritten Mal begann ich, mittschiffs wieder auf und ab zu gehen. Die Erscheinung war also fort. Meine Furcht legte sich, und mein inneres Gleichgewicht kehrte zurück. Natürlich war es kein Geist. Tote auferstehen

nicht. Es war ein Scherz, ein grausamer Scherz. Meine Kameraden aus dem Logis jagten mir mit irgendwelchen unbekannten Mitteln Angst ein. Zweimal mussten sie bereits gesehen haben, wie ich nach achtern gerannt war. Meine Wangen brannten vor Scham. Ich meinte, unterdrücktes Glucksen und Gelächter im Logis hören zu können. Ich begann, zornig zu werden. Scherze – schön und gut, aber das ging zu weit. Ich war der Jüngste an Bord, ein Halbwüchsiger erst, aber sie hatten nicht das Recht, mir Streiche von der Art zu spielen, die, wie ich wohl wusste, in der Vergangenheit Männer und Frauen in den Irrsinn getrieben hatten. Ich wurde immer zorniger und nahm mir vor, ihnen zu zeigen, dass ich aus härterem Holz geschnitzt war. Gleichzeitig wollte ich meinen Groll an ihnen auslassen. Wenn das Ding wieder erschien, so entschloss ich mich, würde ich hingehen – und ich würde mit gezücktem Messer hingehen. Sobald ich nah genug war, würde ich ausholen. Wenn es ein Mensch war, würde er den Messerstich bekommen, den er verdiente. Wenn es ein Geist war, nun, dann würde es dem Geist in keiner Weise weh tun, und ich hätte erfahren, dass Tote doch auferstehen.
Inzwischen war ich wütend geworden, und ich war mir völlig sicher, dass es sich um einen Streich handelte; doch als das Ding zum dritten Mal an derselben Stelle erschien, lang, von dünner Substanz

und schwankend, wallte Angst in mir auf und verscheuchte meine Wut fast ganz. Aber ich rannte nicht weg. Auch wandte ich die Augen nicht von der Erscheinung ab. Beide Male zuvor war sie verschwunden, während ich davon stürzte, ich hatte also nicht gesehen, auf welche Art und Weise sie verschwand. Ich zog das Messer aus der Scheide und begann, mich der Erscheinung zu nähern. Schritt für Schritt, näher und näher heran, und die Mühe, mich in der Gewalt zu behalten, wurde immer größer. Es war ein Kampf zwischen meinem Willen, meiner Identität, meinem ganzen Selbst auf der einen und den zehntausend Vorfahren auf der anderen Seite, die in mir waren und deren geisterhafte Stimmen von der Finsternis wisperten und von der Angst vor der Finsternis, die ihnen zu eigen gewesen war in der Zeit, da die Welt dunkel und voller Entsetzen war.

Ich ging langsamer weiter, und die Erscheinung schwankte und wankte immer noch mit seltsamen, unheimlichen Bewegungen. Und dann verschwand sie direkt vor meinen Augen. Ich sah sie verschwinden. Sie verschwand weder nach rechts oder nach links noch nach hinten. An Ort und Stelle verging sie, während ich sie anstarrte, hörte ich auf zu sein. Ich fiel nicht tot um, aber ich schwöre, dass ich aufgrund dessen, was ich in diesen wenigen Augenblicken an mir selbst erfuhr, durchaus gut verstehe, dass Menschen vor Schreck sterben können. Ich stand da, das Messer in der Hand, ging automatisch mit dem Rollen des Schiffes mit und war wie gelähmt vor Angst. Wäre mir der Maurer plötzlich mit Fingern aus Fleisch und Blut an die Kehle gegangen, um mich zu erwürgen, es hätte mich nicht überrascht. Tote auferstehen also doch, und eine solche Tat war dem tückischen Maurer am ehesten zuzutrauen.

Aber er ging mir nicht an die Kehle. Und da die Natur statische Zustände scheut, konnte ich nicht für immer an dieser einen Stelle wie gelähmt stehenbleiben. Ich drehte mich um und machte mich auf den Weg nach achtern. Ich lief nicht. Welchen Zweck hatte das? Welche Chancen hatte ich gegen die feindselige Welt der Geister? Ich konnte nur so schnell fliehen, wie mich meine Beine trugen. Aber ein Geist konnte mich so schnell verfolgen, wie die Gedanken waren. Und es gab Geister. Ich hatte einen gesehen.

Doch als ich so langsam nach achtern wankte, entdeckte ich die Erklärung für all das Blendwerk. Ich sah, dass die Besanstenge vor der schwachen Strahlung pendelte, die von einer Wolke ausging, hinter welcher der Mond war. Eine Idee schoss mir durch den Kopf. Ich verlängerte in Gedanken die Linie zwischen dem Wolkenschimmer und der Besanstenge und fand heraus, dass sie irgendwo in der

Nähe der Fockmasttakelage die Backbordseite schneiden musste. Mitten in diesem Gedanken verschwand der Schimmer. Die Wolken, die der nachlassende Starkwind vor sich hertrieb, ballten sich vor dem Mond zusammen und lockerten sich wechselweise wieder auf, ließen den Mond aber nie sehen. Doch wenn sich die Wolken sehr stark aufgelockert hatten, konnte der Mond mit einem ganz schwachen Lichtschein durchdringen. Ich schaute hinauf und wartete. Als sich die Wolken wieder auflockerten, blickte ich nach vorn, und da war der Schatten der Besanstenge, der lang und dünn über Deck und Takelage schwankte und zitterte. Das war meine erste Geistererscheinung. Als ich dann noch einmal einen Geist sah, stellte sich heraus, dass es ein Hund war, ein Neufundländer, und ich weiß nicht, wer von uns beiden mehr erschrocken war, denn ich verpasste diesem Neufundländer mit der Rechten einen gewaltigen Schwinger gegen das Maul. Was den Geist des Maurers betrifft, so möchte ich doch erwähnen, dass ich keiner Menschenseele an Bord auch nur ein Sterbenswörtchen davon verriet. Außerdem möchte ich vermerken, dass ich nie in meinem ganzen Leben mehr Pein und Seelenqualen erleiden musste als auf dieser einsamen Nachtwache an Bord der *Sophie Sutherland*.

*(Für den Herausgeber: Das ist keine Fiktion. Es ist eine wahre Geschichte aus meinem Leben.)*

# Feuer auf See

Die *Pyrenees*, deren eiserne Planken von ihrer Weizenlast tief ins Wasser gedrückt wurden, rollte träge und machte es dem Manne leicht, der aus einem kleinen Auslegerkanu an Bord kletterte. Als er die Reling in Augenhöhe hatte, sodass er an Bord sehen konnte, schien es ihm, als sähe er einen schwachen, kaum wahrnehmbaren Nebel. Es war wie ein flimmernder Schleier, der sich plötzlich über seine Augen gelegt hatte. Er spürte eine Neigung, ihn hinwegzuwischen, und dachte zugleich, dass er anfinge, alt zu werden, und dass es Zeit würde, sich aus San Francisco eine Brille kommen zu lassen.

Als er die Reling erreicht hatte, warf er einen Blick auf die hohen Masten und dann auf die Pumpen. Sie arbeiteten nicht. Dem großen Schiff schien nichts geschehen zu sein, und er fragte sich, warum es das Notsignal gehisst hätte. Er dachte an seine glücklichen Insulaner und hoffte, dass es keine Krankheit wäre. Vielleicht waren das Wasser oder die Vorräte auf dem Schiffe ausgegangen. Er begrüßte den Kapitän, dessen hageres Gesicht und sorgenschwere Augen kein Hehl machten aus dem Unglück, welcher Art es nun sein mochte. In demselben Augenblick spürte der Mann einen feinen, fast unmerklichen Geruch. Er glich dem von verbranntem Brot, war aber doch anders.

Neugierig blickte er sich um. Zwanzig Fuß entfernt kalfaterte ein Matrose mit müdem Gesicht das Deck. Als seine Augen auf dem Manne hafteten, sah er plötzlich unter dessen Händen eine schwache Nebelspirale aufsteigen, die sich kräuselte, drehte und dann verschwunden war. Gleichzeitig fühlten seine bloßen Füße eine dumpfe Wärme, die schnell durch die dicken Schwielen drang. Jetzt wusste er, welches Unglück das Schiff betroffen hatte. Sein Auge streifte schnell das Vorschiff, wo die ganze Mannschaft ihn gierig mit sorgenvollen Mienen betrachtete. Der Blick seiner klaren braunen Augen glitt wie ein Segen über sie hin, beruhigte sie und hüllte sie gleichsam in den Mantel eines großen Friedens. »Wie lange brennt das Schiff schon, Kapitän?«, fragte er mit einer so sanften gleichmütigen Stimme, dass es wie das Gurren einer Taube klang.

Im ersten Augenblick fühlte der Kapitän den Frieden und die Ruhe, die von jenem ausgingen, in sein Herz einziehen; dann kam ihm wieder zum Bewusstsein alljenes, was er durchgemacht hatte und noch durchmachen musste, und er wurde ärgerlich.

Mit welchem Recht flößte dieser zerlumpte Taugenichts in Baumwollhosen und Leinenjacke seiner überlasteten, erschöpften Seele Ruhe und Frieden ein? Das dachte der Kapitän nicht; es war nur die unbewusste Gemütsbewegung, die seinen Unwillen hervorrief.

»Vierzehn Tage«, antwortete er kurz. »Wer sind Sie?«

»Ich heiße McCoy«, lautete die Antwort in einem Ton, der Sanftmut und Mitleid atmete.

»Ich meine: Sind Sie Lotse?«

McCoy ließ seinen segnenden Blick über den großen breitschultrigen Mann mit dem hageren unrasierten Gesicht gleiten, der neben den Kapitän getreten war.

»Ich bin ebensogut Lotse wie jeder andre hier«, antwortete McCoy. »Wir sind hier alle Lotsen, Kapitän, und ich kenne jeden Zoll dieser Gewässer.« Doch der Kapitän war ungeduldig.

»Ich brauche jemand von den Behörden. Ich muss ihn sprechen, und das schleunigst.«

»Dann bin ich gerade der Rechte.«

Wieder dieser einschmeichelnde Schein von Frieden, und dabei sein Schiff als glühenden Ofen unter den Füßen zu haben! Die Augenbrauen des Kapitäns hoben sich ungeduldig und nervös, und seine Fäuste ballten sich, als wäre er im Begriff, dreinzuschlagen.

»Wer sind Sie, zum Teufel?« fragte er.

»Ich bin der Erste Bürgermeister«, lautete die mit der denkbar sanftesten, angenehmsten Stimme gegebene Antwort.
Der große breitschultrige Mann brach in ein knurriges Lachen aus, das teilweise belustigt, in der Hauptsache aber nervös war. Er und der Kapitän blickten beide McCoy mit Ungläubigkeit und mit Staunen an. Dass der barfüßige Lump eine so hohe Würde bekleiden sollte, war ihnen unfassbar. Seine aufgeknöpfte Leinenjacke zeigte eine grau behaarte Brust und die Tatsache, dass er keine Unterjacke trug. Ein abgetragener Strohhut verbarg nur schlecht das zottige graue Haar. Über die Brust wallte ein ungekämmter Patriarchenbart. In jedem billigen Ramschladen hätte man ihn für zwei Schilling so herausstaffieren können, wie er vor ihnen stand.
»Sind Sie verwandt mit dem McCoy von der *Bounty*, dem von dem Meutererschiff, wie?«
»Der war mein Urgroßvater.«
»Ach wirklich«, sagte der Kapitän und bedachte sich dann. »Mein Name ist Davenport, und dies hier ist mein Erster Steuermann, Mr. König.«
Sie gaben sich die Hand.
»Und nun zum Geschäft.« Der Kapitän sprach schnell, als ob die Dringlichkeit seine Rede zur Eile drängte. »Wir haben seit mehr als vierzehn Tagen Feuer. Jeden Augenblick kann die Hölle losbrechen.

Deshalb hab' ich auf Pitcairn gehalten. Ich will das Schiff hier auflaufen lassen oder anbohren, um den Rumpf zu retten.«

»Da haben Sie einen Fehler gemacht, Kapitän«, sagte McCoy. »Sie hätten nach Mangareva fahren sollen. Dort ist ein prachtvoller Strand und eine Lagune, still wie ein Mühlteich.«

»Aber wir sind doch nun einmal hier, nicht wahr?«, sagte der Erste Steuermann. »Das ist die Sache. Wir sind hier und müssen etwas tun.« McCoy schüttelte freundlich den Kopf.

»Hier können Sie gar nichts tun. Hier ist kein Strand. Nicht einmal ein Ankerplatz.«

»Schwindel!«, sagte der Steuermann. »Schwindel!« wiederholte er laut, als der Kapitän ihm ein Zeichen machte, dass er höflicher sprechen sollte. »So einen Unsinn können Sie mir nicht vorreden. Wo haben Sie denn Ihre eigenen Boote, he – Ihren Schoner, Ihren Kutter, oder was Sie sonst haben, he? Beantworten Sie mir das bitte.«

McCoy lächelte ebenso liebenswürdig, wie er sprach. Sein Lächeln war eine Liebkosung, eine Umarmung, die den müden Steuermann umfing und in die Ruhe und Friedlichkeit von McCoys ausgeglichener Seele zu ziehen suchte.

»Wir haben keinen Schoner oder Kutter«, erwiderte er. »Wir tragen unsere Kanus oben auf die Klippen.«

»Das muss ich sehen, ehe ich's glaube«, brummte der Steuermann. »Wie kommen Sie denn zu den andern Inseln, he? Wollen Sie mir das sagen?«
»Wir fahren nicht hin. Als Gouverneur von Pitcairn muss ich manchmal hin. In jüngeren Jahren war ich lange Zeiten unterwegs – zuweilen auf Handelsschonern, meistens aber auf der Missionsbrigg. Aber die besteht nicht mehr, und wir sind jetzt auf vorüberfahrende Schiffe angewiesen. Manchmal können wir bis zu sechs in einem Jahre anrufen. Zu andern Zeiten vergeht ein Jahr und mehr, ohne dass ein Schiff vorbeikommt. Ihres ist das erste seit sieben Monaten.«
»Und Sie wollen mir erzählen ...«, fing der Steuermann an.
Aber Kapitän Davenport unterbrach ihn. »Genug davon. Wir verlieren Zeit. Was ist zu tun, Mr. McCoy?« Der Alte wandte seine braunen Augen, die sanft wie die einer Frau waren, landwärts, und Kapitän und Steuermann folgten seinem Blick, der von dem einsamen Felsen von Pitcairn zu der Mannschaft glitt, die sich vorn versammelt hatte und ängstlich auf seine Entscheidung harrte. McCoy übereilte sich nicht. Er dachte ruhig und langsam, Schritt für Schritt, mit der Sicherheit, die ein Verstand erhält, den das Leben nie geärgert oder verletzt hat.
»Der Wind ist jetzt leicht«, sagte er schließlich. »Aber

wir haben hier eine schwere Strömung, die uns nach Westen versetzt.«
»Ja, die hat uns eben nach Lee getrieben«, suchte der Kapitän seine seemännische Tüchtigkeit zu verteidigen.
»Ja, die hat Sie nach Lee versetzt«, fuhr McCoy fort. »Nein, gegen die Strömung können Sie heute nicht anfahren. Und wenn Sie es täten, kämen Sie an keine Küste. Ihr Schiff wäre verloren.«
Er machte eine Pause, und Kapitän und Steuermann blickten sich mutlos an.
»Aber ich will Ihnen sagen, was Sie tun können. Die Brise wird heut gegen Mitternacht auffrischen – sehen Sie da in Luv die schweren Wolken hinter der Spitze? Von dort, aus Süd-Ost, wird der Wind kommen, und zwar kräftig. Bis Mangareva sind es dreihundert Meilen. Brassen Sie und fahren Sie dorthin. Da ist Ihr Schiff prachtvoll aufgehoben.«
Der Steuermann schüttelte den Kopf.
»Kommt in die Kajüte, wir wollen nach der Karte sehen«, sagte der Kapitän.
McCoy fand eine erstickende, giftige Atmosphäre in der niedrigen Kajüte. Unsichtbare Gasschwaden bissen ihm in die Augen und ließen sie tränen. Der Fußboden war heiß, fast unerträglich heiß für seine bloßen Füße. Der Schweiß drang aus den Poren seines Körpers. Er blickte sich fast erschreckt um. Diese bösartige innere Hitze war

furchtbar. Es war ein Wunder, dass die Kajüte nicht in lichten Flammen stand. Er hatte ein Gefühl, als befände er sich in einem ungeheuren Backofen, dessen Hitze jeden Augenblick schrecklich anwachsen und ihn ausdörren könnte wie einen Strohhalm.

Als er den einen Fuß aufhob und die heiße Sohle gegen das Hosenbein rieb, lachte der Steuermann in seiner wilden, knurrigen Art. »Der Vorraum der Hölle«, sagte er. »Die Hölle selbst ist gerade unter Ihren Füßen.«

»Das nenn' ich eine Hitze!« rief McCoy unwillkürlich aus, indem er sich das Gesicht mit einem bunten Taschentuch abwischte.

»Hier ist Mangareva«, sagte der Kapitän, indem er sich über den Tisch beugte und auf einen schwarzen Punkt mitten in der weißen Leere der Karte zeigte. »Und hier, gerade dazwischen, ist eine andre Insel. Warum die nicht anlaufen?«

McCoy blickte nicht auf die Karte.

»Das ist die Crescentinsel«, antwortete er. »Sie ist unbewohnt und erhebt sich nur zwei bis drei Fuß aus dem Wasser. Lagune, aber keine Einfahrt. Nein, Mangareva ist für unsere Zwecke der nächste Platz.«

»Also dann Mangareva«, sagte Kapitän Davenport, den brummigen Einwand des Steuermanns unterbrechend. »Rufen Sie die Mannschaft nach achtern, Mr. König.«

Die Matrosen gehorchten. Sie schoben sich schwer über das Deck und waren mühsam bestrebt, sich zu beeilen. Jeder Bewegung war deutlich die Erschöpfung anzumerken. Der Koch kam aus seiner Kombüse, um zu hören, und der Kajütenjunge hielt sich dicht neben ihm.

Als Kapitän Davenport den Leuten die Lage auseinandergesetzt und ihnen seine Absicht, nach Mangareva zu fahren, verkündet hatte, brach ein Aufruhr los. Vor einem Hintergrund gurgelnden Polterns erhoben sich tierische Wutschreie und hie und da ein deutlicher Fluch, ein Wort oder ein Satz. Eine schrille Londoner Stimme erhob sich einen Augenblick über den Lärm: »Verdammt! Vierzehn Tage in der Hölle – und jetzt will er mit dieser schwimmenden Hölle wieder in See!«

Der Kapitän konnte sie nicht im Zaum halten, aber die milde Anwesenheit McCoys schien sie zu beschämen und zu beruhigen, und das Murmeln und Fluchen erstarb, bis die ganze Mannschaft, außer einem oder dem andern Gesicht, das sich ängstlich dem Kapitän zuwandte, stumm das Verlangen nach den grün bekleideten Gipfeln und der steilen Küste von Pitcairn auszudrücken schien.

Sanft wie ein Frühlingslüftchen war die Stimme McCoys:

»Kapitän, mir war, als hörte ich einige Leute sagen, dass sie Hunger hätten.«

»Allerdings«, lautete die Antwort. »Ich habe die letzten Wochen nur einen Schiffszwieback und einen Löffel Lachs täglich gegessen. Wir sind auf Ration gesetzt. Sehen Sie, als wir das Feuer entdeckten, verschalten wir sofort die Luken, um es zu ersticken, und dann merkten wir erst, wie wenig Nahrungsmittel im Vorratsraum waren. Aber es war leider schon zu spät. Wir wagten es nicht, das Lazarett anzugreifen. Hunger? Ich hab' genau solchen Hunger wie sie.«
Er sprach wieder mit den Leuten, und wieder erhob sich das Poltern und Fluchen mit vor Wut verzerrten, tierischen Gesichtern. Der Zweite und Dritte Steuermann waren zum Kapitän getreten und standen hinter ihm am Rande der Hütte. Ihre Gesichter waren starr und ausdruckslos. Die Meuterei der Mannschaft schien sie eher zu langweilen. Kapitän Davenport blickte seinen Ersten Steuermann fragend an, doch der zuckte nur die Achseln als Zeichen seiner Hilflosigkeit.
»Sie sehen«, sagte der Kapitän zu McCoy, »Sie können keinen Seemann zwingen, auf brennendem Schiffe das sichere Land zu verlassen und wieder in See zu gehen. Es ist nun vierzehn Tage lang ihr schwimmender Sarg gewesen. Sie sind abgearbeitet und ausgehungert und haben genug davon. Wir kreuzen nach Pitcairn.«
Aber der Wind war schwach, der Boden der *Pyrenees* unklar, und sie konnte nicht gegen die starke

westliche Strömung aufkommen. Nach zwei Stunden hatten sie drei Meilen verloren. Die Matrosen arbeiteten eifrig, als ob sie durch ihre Körperkraft die *Pyrenees* gegen die widrigen Elemente zu treiben vermochten. Aber ob sie Steuerbord oder Backbord halsten, immer sackten sie wieder nach Westen weg.

Der Kapitän wanderte ruhelos auf und ab, blieb gelegentlich stehen, um die hier und dort aufsteigenden kleinen Rauchsäulen zu beobachten und bis zu ihrem Ausgangspunkt auf dem Achterdeck zu verfolgen. Der Zimmermann war andauernd damit beschäftigt, diese Stellen ausfindig zu machen und immer dichter zu kalfatern. »Nun, was meinen Sie?« fragte der Kapitän schließlich McCoy, der den Zimmermann mit dem ganzen Interesse und der Neugier eines Kindes beobachtete. McCoy blickte nach der Küste, die im zunehmenden Nebel verschwand. »Ich denke, es ist am besten, wir steuern nach Mangareva. Bei dem Wind, der jetzt aufkommt, sind Sie morgen Abend da.«

»Wenn aber das Feuer ausbricht? Das kann jeden Augenblick geschehen.«

»Halten Sie die Boote klar in den Davits. Wenn das Schiff unter Ihnen in Flammen steht, bringt derselbe Wind auch Ihre Boote nach Mangareva.«

Kapitän Davenport überlegte einen Augenblick, und dann hörte McCoy die Frage, die er nicht hatte hören wollen, von der er aber gewusst hatte, dass sie kommen würde.

»Ich habe keine Karte von Mangareva. Auf der großen Karte ist die Insel nur ein Punkt. Ich könnte die Einfahrt in die Lagune nicht finden. Wollen Sie mitkommen und das Schiff hineinlotsen?«

McCoys Ruhe war unerschütterlich.

»Ja, Kapitän«, sagte er mit demselben Gleichmut, mit dem er eine Einladung zum Essen angenommen hätte. »Ich fahre mit Ihnen nach Mangareva.«

Wieder wurde die Mannschaft nach achtern gerufen, und der Kapitän sprach zu ihr von der Hütte aus. »Wir haben versucht, das Schiff an Land zu bringen, aber ihr seht selbst, wie wir weggesackt sind. Wir treiben in einer Strömung von zwei Knoten ab. Dies ist Herr McCoy, Erster Bürgermeister und Gouverneur der Insel Pitcairn. Er will mit uns nach Mangareva fahren. Ihr seht also, dass die Lage nicht gefährlich ist. Er würde sich nicht dazu erbieten, wenn er glaubte, sein Leben dabei aufs Spiel zu setzen. Ist aber selbst Gefahr damit verbunden, so können wir nicht weniger tun als der, der aus freien Stücken an Bord gekommen ist und sie mit uns teilen will. Was sagt ihr also zu Mangareva?«

Diesmal gab es keinen Aufruhr. McCoys Anwesenheit, die Sicherheit und die Ruhe, die von ihm auszustrahlen schienen, hatten Eindruck gemacht. Sie berieten leise. Es bedurfte nicht besonderer Überredung. Sie waren eigentlich einig und schoben den Londoner vor, um das Wort für sie zu führen. Der brave Mann war von dem Bewusstsein seines eigenen Heldentums und dem seiner Kameraden so überwältigt, dass er mit blitzenden Augen ausrief: »Wenn er will, dann wollen wir, weiß Gott, auch!« Die Mannschaft murmelte ihre Zustimmung und ging nach vorn.

»Einen Augenblick, Kapitän«, sagte McCoy, als der andre sich umdrehte, um dem Steuermann Anweisungen zu geben. »Ich muss erst an Land.«

Mr. König war wie vom Schlage gerührt und blickte McCoy an, als habe er einen Verrückten vor sich.

»An Land!« rief der Kapitän. »Wozu? Sie brauchen drei Stunden, um in Ihrem Kanu hinzukommen.«

McCoy maß die Entfernung und nickte.

»Ja, es ist jetzt sechs. Vor neun bin ich nicht an Land. Das Volk kann nicht vor zehn versammelt sein. Da der Wind auffrischt, können Sie anfangen, sich gegen ihn aufzuarbeiten, und bei Tagesanbruch können Sie mich dann an Bord nehmen.«

»Aber im Namen aller Vernunft und des gesunden Menschenverstandes!« brach der Kapitän aus. »Warum wollen Sie denn das Volk versammeln? Vergessen Sie denn ganz, dass das Schiff unter unsern Füßen brennt?«

McCoy war so friedlich wie eine sommerliche See, und die Wut des andern rief nicht das geringste Kräuseln darauf hervor.

»Nein, Kapitän«, gurrte er mit seiner Taubenstimme, »ich vergesse nicht, dass Ihr Schiff brennt. Deswegen gehe ich mit Ihnen nach Mangareva. Aber ich muss mir erst die Erlaubnis erwirken, mit Ihnen fahren zu dürfen. Das ist Schick und Brauch bei uns. Es ist eine wichtige Sache, wenn der Gouverneur die Insel verlässt. Die Interessen der Bevölkerung stehen auf dem Spiel, und so haben sie das Recht, abzustimmen, ob sie mir die Abreise erlauben oder verweigern wollen. Aber sie erlauben sie, das weiß ich.«

»Sind Sie dessen sicher?«

»Ganz sicher.«

»Wenn Sie so sicher sind, wozu dann die Umstände? Denken Sie an den Zeitverlust – eine ganze Nacht.«

»Es ist Schick und Brauch bei uns«, lautete die unerschütterliche Antwort. »Außerdem bin ich Gouverneur und muss meine Vorkehrungen für die Leitung der Insel während meiner Abwesenheit treffen.«

»Aber es ist doch nur eine Fahrt von vierundzwanzig Stunden bis Mangareva«, warf der Kapitän ein. »Selbst wenn Sie sechsmal so lange für die Rückfahrt gegen den Wind brauchten, würden Sie also Ende der Woche zurück sein.«

McCoy lächelte sein breites, wohlwollendes Lächeln. »Es kommen sehr wenige Schiffe nach Pitcairn, und wenn, dann meistens von San Francisco oder ums Kap Hoorn. Wenn ich Glück habe, bin ich in sechs Monaten wieder da. Es kann sein, dass ich ein Jahr fortbleibe, es kann auch sein, dass ich nach San Francisco fahren muss, um ein Schiff zu finden, das mich zurückbringt. Mein Vater verließ einmal Pitcairn, und es vergingen zwei Jahre, ehe er zurückkommen konnte. Außerdem sind Sie knapp an Nahrungsmitteln. Wenn Sie gezwungen werden, in die Boote zu gehen, und es kommt schlechtes Wetter, so brauchen Sie Tage, um Land zu erreichen. Ich kann morgen früh zwei Kanus mit Nahrungsmitteln bringen. Getrocknete Bananen sind am besten. Wenn der Wind auffrischt, fahren Sie los. Je näher Sie sind, desto größere Ladung kann ich Ihnen bringen. Auf Wiedersehen!«

Er streckte die Hand aus. Der Kapitän nahm sie und ließ sie nur widerstrebend los. Er schien sich an sie zu klammern, wie ein Ertrinkender an einen Rettungsring. »Wie kann ich wissen, ob Sie morgen wiederkommen?« fragte er.

»Ja, so ist es!« rief der Steuermann. »Wie können wir wissen, ob er sich nicht drückt, um seine eigene Haut in Sicherheit zu bringen.«

McCoy antwortete nicht. Er sah sie sanft und segnend an, und es schien ihnen, als ströme etwas von der ungeheuren Ruhe seiner Seele auf sie über.

Der Kapitän ließ seine Hand los, und mit einem letzten Blick umfasste McCoy die Mannschaft, kletterte über die Reling und stieg in sein Kanu.

Der Wind frischte auf, und die *Pyrenees* gewann trotz ihres unklaren Bodens der westlichen Strömung ein Dutzend Meilen ab. Am Morgen lag Pitcairn drei Meilen in Luv, und Kapitän Davenport machte zwei Kanus aus, die auf ihn zukamen. Wieder kletterte McCoy herauf und sprang über die Reling auf das heiße Deck. Ihm folgten viele Pakete mit getrockneten Bananen, jedes in trockene Blätter eingewickelt.

»So, Kapitän«, rief er, »jetzt brassen Sie die Rahen und fahren ums Leben. Ich bin kein Seemann, wissen Sie«, erklärte er einige Minuten später, als er achtern beim Kapitän stand, dessen Blick von der Takelung seitwärts wanderte, um die Fahrt der *Pyrenees* zu schätzen. »Bis nach Mangareva müssen Sie sie bringen. Wenn Sie das Land ausgemacht haben, will ich Sie hineinlotsen. Was meinen Sie, wieviel Knoten macht sie?«

»Elf«, antwortete Kapitän Davenport mit einem letzten Blick auf das schnell vorbeigleitende Wasser.

»Elf. Warten Sie; wenn sie die Fahrt beibehält, so sichten wir Mangareva morgen früh zwischen acht und neun Uhr. Um zehn, spätestens um halb elf hab' ich Sie auf dem Strand, und dann sind Sie die Sorgen los.«

Es schien dem Kapitän fast, als sei dieser wundervolle Augenblick bereits gekommen, so groß war die Überzeugungskraft McCoys. Davenport hatte über vierzehn Tage unter dem schrecklichen Druck gelebt, ein brennendes Schiff zu führen, und er begann zu spüren, dass er genug davon hatte.
Ein kräftiger Windstoß traf ihn im Nacken und pfiff ihm um die Ohren. Er maß die Stärke und blickte schnell über Bord.
»Der Wind wird immer stärker«, verkündete er. »Der alte Kasten macht jetzt eher zwölf als elf. Wenn das so bleibt, müssen wir noch heute nacht reffen.«
Den ganzen Tag glitt die *Pyrenees* mit ihrer Ladung lebenden Feuers durch die schäumende See. Bei Anbruch der Nacht wurden Oberbram- und Bramsegel eingezogen, und sie flog ins Dunkle hinein, während große schaumgekrönte Wogen sie umtosten. Der günstige Wind tat seine Wirkung, und vorn wie achtern verspürte man eine deutliche Besserung der Stimmung. Während der zweiten Hundewache begann eine sorglose Seele zu singen, und gegen acht Glas sang die ganze Mannschaft.
Kapitän Davenport hatte sich sein Bettzeug oben auf die Hütte bringen lassen.
»Ich habe vergessen, was schlafen heißt«, erklärte er McCoy. »Ich bin ganz fertig. Aber rufen Sie mich jederzeit, wenn Sie es für nötig halten.«

Um drei Uhr morgens wurde er durch einen sanften Ruck am Arm geweckt. Er setzte sich schnell auf und stützte sich, noch mit dumpfem Kopf, gegen das Deckfenster. Der Wind heulte sein Kampflied in der Takelung, und ein wilder Seegang boxte die *Pyrenees*. Sie rollte, dass erst die eine und dann die andere Reling unter Wasser verschwand und das Deck die meiste Zeit überschwemmt war. McCoy rief etwas, was er nicht hören konnte. Er streckte den Arm aus, fasste den andern bei der Schulter und zog ihn so nahe, dass sein Ohr dicht an den Lippen des andern war.
»Es ist drei Uhr«, erklang McCoys Stimme, die immer noch taubengleich, aber seltsam gedämpft war, als käme sie von weit her. »Wir haben zweihundertundfünfzig Meilen gemacht. Die Crescentinsel ist nur dreißig Meilen entfernt, irgendwo vor uns. Es ist kein Feuer auf ihr. Wenn wir die Fahrt beibehalten, stoßen wir auf und sind selbst mit dem Schiff verloren.«
»Was meinen Sie - beidrehen?«
»Ja, beidrehen bis Tagesanbruch. Das kostet uns nur wenige Stunden.«
So wurde denn die *Pyrenees* mit ihrer brennenden Ladung beigedreht, befand sich gerade im Rachen des tosenden Sturmes und kämpfte krachend gegen die zermalmenden Wogen. Sie war eine mit Feuersbrunst gefüllte Muschel, an deren Außenseite sich

die kleinen Atome von Menschen mühsam anklammerten und ihr im Kampfe durch Ziehen und Zupfen halfen.

»Dieser Sturm ist etwas ganz Ungewöhnliches«, sagte McCoy in Lee der Hütte zu dem Kapitän. »Wenn es richtig zuginge, dürfte es zu dieser Jahreszeit keinen Sturm geben. Aber das Wetter ist dieses Jahr in jeder Beziehung ungewöhnlich. Der Passat ist unterbrochen gewesen, und jetzt pfeift es direkt aus der Passatecke.« Er wies in die Finsternis, als ob sein Blick hunderte von Meilen durchdringen könnte. »Es kommt aus Westen. Da ist irgend etwas Großes im Gange – ein Orkan oder so etwas. Wir haben Glück, dass wir so weit ostwärts sind. Aber dies ist nur eine Mütze voll«, fügte er hinzu. »Es dauert nicht lange. Das will ich Ihnen gleich sagen.«

Bei Tagesanbruch war der Sturm zu normalem Wind abgeflaut. Aber das Tageslicht enthüllte eine neue Gefahr. Es war diesig geworden. Die See war mit einem Nebel oder besser mit einem perlgrauen Schleier bedeckt, der den Blick ebenso hinderte wie Nebel, aber doch nur wie ein Schleier auf dem Meere lag, den die Sonne durchdrang und mit glühenden Strahlen füllte. Das Deck der *Pyrenees* rauchte schlimmer als am vorigen Tage, und die Heiterkeit von Offizieren und Mannschaft war geschwunden. In Lee der Kombüse konnte man den Kajütenjungen wimmern hören. Es war seine erste Reise, und die Todesfurcht saß ihm im Herzen. Der Kapitän wanderte wie eine verlorene Seele umher, nervös auf seinem Schnurrbart kauend, finster blickend und unfähig, einen Entschluss zu fassen.

»Was meinen Sie?« fragte er, neben McCoy Halt machend, der ein Frühstück aus gebratenen Bananen und einem Krug Wasser zu sich nahm.

McCoy aß die letzte Banane auf, leerte den Krug und blickte sich langsam um. In seinen Augen lag ein sanftes Lächeln, als er sprach:

»Ja, Kapitän, wir können freilich ebensogut treiben wie brennen. Ihr Deck hält es nicht ewig aus. Es ist heute morgen schon heißer. Haben Sie nicht ein Paar Schuhe, das ich anziehen kann? Es wird ungemütlich für meine Füße.«

Die *Pyrenees* nahm zwei schwere Seen über, als sie abschwojte und wieder vor den Wind gelegt wurde, und der Erste Steuermann drückte den Wunsch aus, all dieses Wasser unten im Raum zu haben, wenn man es nur hineinbringen könnte, ohne die Lukendeckel abzunehmen. McCoy steckte den Kopf ins Nachthaus und beobachtete den Kurs. »Ich hätte sie etwas mehr an den Wind genommen, Kapitän«, sagte er. »Während wir beigedreht hatten, ist sie abgetrieben.«

»Ich hab' sie schon einen Strich höher gesetzt«, lautete die Antwort. »Ist das nicht genug?«

»Ich hätte zwei Striche genommen, Kapitän. Dieses bisschen Wind treibt die Weströmung schneller, als Sie denken.«

Kapitän Davenport einigte sich mit ihm auf anderthalb Striche und stieg dann in Begleitung McCoys und des Ersten Steuermanns hinauf, um nach Land auszuspähen. Es waren Segel gesetzt, sodass die *Pyrenees* zehn Knoten machte. Die See legte sich jetzt schnell. Der Perlenschleier riss nirgends, und Kapitän Davenports Nervosität nahm zu. Alle Mann waren auf ihrem Posten, bereit, beim ersten Anzeichen von Land wie die Teufel drauflos zu arbeiten, um die *Pyrenees* an den Wind zu bringen. Das Land, ein überbrandetes Außenriff, musste gefährlich nahe sein, wenn man es in diesem Nebel sichtete.

Wieder verging eine Stunde. Die drei starrten von ihrem Ausguck unverwandt in den perlgrauen Schimmer.

»Wenn wir nun Mangareva verfehlen?« fragte Kapitän Davenport plötzlich.

McCoy erwiderte sanft, ohne eine Miene zu verziehen:

»Dann lassen wir uns treiben, Kapitän. Das ist alles, was wir tun können. Vor uns liegen die Paumotuinseln. Wir können tausend Meilen durch Riffe und Atolle treiben. Irgendwo müssen wir schließlich landen.«

»Also dann treiben wir.« Kapitän Davenport schickte sich an, auf Deck hinunterzusteigen. »Wir haben Mangareva verfehlt. Gott weiß, wo das nächste Land liegt. Ich wollte, ich hätte noch diesen halben Strich zugegeben«, gestand er einen Augenblick später. »Die verdammte Strömung treibt Schindluder mit einem alten Seemann.«

»Die alten Seefahrer nannten die Paumotus den gefährlichen Archipel«, sagte McCoy, als sie wieder bei der Hütte standen. »Gerade diese Strömung war mit Schuld an dem Namen.«

»Ich sprach mal mit einem Matrosen in Sydney«, sagte Mr. König. »Er hatte die Paumotus befahren. Er sagte mir, die Versicherungsprämie sei achtzehn Prozent. Stimmt das?«

McCoy nickte lächelnd.

»Wenn man überhaupt eine Versicherung bekommen kann«, erklärte er. »Die Reeder schreiben ihre Schoner jedes Jahr mit zwanzig Prozent ab.«

»Mein Gott!« stöhnte Kapitän Davenport. »Das bedeutet für einen Schoner eine Lebensdauer von nur fünf Jahren!« Er schüttelte traurig den Kopf und murmelte: »Schlechtes Fahrwasser, schlechtes Fahrwasser!«

Wieder gingen sie in die Kajüte, um die große Hauptkarte zu befragen; aber der giftige Rauch trieb sie hustend und keuchend an Deck. »Hier ist die Moerenhoutinsel.« Kapitän Davenport wies auf die

Karte, die er auf der Hütte ausgebreitet hatte. »Sie kann nicht mehr als hundert Meilen in Lee liegen.«
»Hundertundzehn.« McCoy schüttelte zweifelnd den Kopf. »Vielleicht geht es, aber es ist sehr schwer. Ich könnte Sie dort nicht auf den Strand bringen, möglicherweise aber auf das Riff setzen. Ein schlechter Platz, ein sehr schlechter Platz.«
»Wir wollen unser Glück versuchen«, entschied Kapitän Davenport, und dann machte er sich daran, den Kurs zu setzen.
Früh am Nachmittag wurden die Segel verringert, um zu vermeiden, dass sie nachts vorbeiliefen, und in der zweiten Hundewache zeigte die Mannschaft Spuren von wiederkehrender Heiterkeit. Das Land war so nahe, am Morgen waren ihre Sorgen vorüber. Doch der Morgen brach klar an mit einer strahlenden Tropensonne. Der Südostpassat war nach Osten umgeschlagen und trieb *Pyrenees* mit einer Fahrt von acht Knoten durch das Wasser. Kapitän Davenport arbeitete sein Besteck aus und verkündete dann, dass die Moerenhoutinsel nicht mehr als zehn Meilen entfernt sei.
Die *Pyrenees* machte die zehn Meilen und noch zehn Meilen dazu, und die Ausguckleute auf den drei Mastspitzen sahen nichts als das bloße, sonnenbeschienene Meer.
»Aber das Land muss da sein«, schrie Kapitän Davenport ihnen von der Hütte aus zu.

McCoy lächelte besänftigend, aber der Kapitän blickte um sich wie ein Verrückter, ergriff seinen Sextanten und machte sein Mittagsbesteck. »Ich wusste ja, dass es stimmt«, schrie er, als er mit der Beobachtung fertig war. »Einundzwanzig, fünfundzwanzig, Süd; einunddreißig, sechs, zwei West. Da haben Sie's. Noch acht Meilen in Luv. Was haben Sie ausgemacht, Mr. König?«

Der Erste Steuermann sah auf seine eigenen Zahlen und sagte mit leiser Stimme:

»Einundzwanzig, fünfundzwanzig, stimmt; aber meine Länge ist einunddreißig, sechs, achtundvierzig. Das bringt uns beträchtlich leewärts ...«

Doch Kapitän Davenport missachtete seine Zahlen mit so verächtlichem Schweigen, dass Mr. König mit den Zähnen knirschte und innerlich wild fluchte.

»Abfallen!« befahl der Kapitän dem Mann am Steuer. »Drei Striche – recht so!«

Dann machte er sich wieder ans Rechnen und revidierte seine Zahlen. Der Schweiß lief ihm übers Gesicht. Er biss sich auf den Schnurrbart, auf die Lippen, zernagte den Bleistift und starrte die Zahlen an, als sähe er einen Geist vor sich. Plötzlich zerknitterte er mit einem wütenden Kraftausbruch das beschriebene Papier in seiner Hand und zertrat es. Mr. König grinste zur Vergeltung und wandte sich ab, während Kapitän Davenport sich gegen die Hütte lehnte und eine halbe Stunde lang kein Wort sprach, sondern sich damit begnügte, mit einem Ausdruck von Hoffnungslosigkeit nach Lee zu starren. »Mr. McCoy«, unterbrach er unvermittelt das lästige Schweigen. »Die Karte gibt eine Inselgruppe an, zeigt aber nicht, wie viele es sind. Da oben nach Nord oder Nordnordwest, etwa vierzig Meilen von uns - die Acteoninseln. Wie ist es mit denen?«

»Es sind vier, alle niedrig«, antwortete McCoy. »Die erste nach Südosten ist Matueri - keine Bevölkerung, keine Einfahrt in die Lagune. Dann kommt Tenarunga. Da pflegte ein Dutzend Menschen zu leben, aber sie mögen jetzt alle weg sein. Jedenfalls gibt es dort keine Einfahrt für ein Schiff - nur für Boote. Die beiden andern sind Vehauga und Teuararo. Keine Einfahrt, keine Bevölkerung, auch sehr niedrig. Da können wir die *Pyrenees* nicht hinbringen, sie würde völlig zum Wrack werden.«

»Was Sie nicht sagen!« Kapitän Davenport war wütend. »Keine Bevölkerung! Keine Einfahrt! Wozu sind denn diese Inseln da, zum Teufel? Also schön«, bellte er plötzlich wie ein aufgeregter Hund. »Nach Nordwesten zu zeigt die Karte ein ganzes Gewirr von Inseln. Wie steht es damit? Welche von ihnen hat eine Einfahrt für mein Schiff?«

McCoy überlegte ruhig. Er sah nicht auf die Karte. Alle diese Inseln, Riffe, Untiefen, Lagunen, Einfahrten und Entfernungen waren in seinem Gedächnis verzeichnet. Er kannte sie, wie der Städter seine Gebäude, Straßen, Alleen.

»Papakena und Vanavana liegen etwa hundert Meilen, vielleicht etwas weniger, West oder Westnordwest«, sagte er. »Die eine ist unbewohnt, und wie ich gehört habe, ist die Bevölkerung der andern nach den Cadmusinseln ausgewandert. Jedenfalls hat die Lagune auf keiner von den beiden Inseln eine Einfahrt. Ahunui liegt hundert Meilen weiter nach Nordwesten. Keine Einfahrt, keine Bevölkerung.«

»Aber vierzig Meilen dahinter liegen doch noch zwei Inseln?« fragte Kapitän Davenport, den Kopf von der Karte erhebend.

McCoy schüttelte den Kopf.

»Paros und Manuhungi – keine Einfahrt, keine Bevölkerung. Nengo-Nengo liegt wieder vierzig Meilen hinter ihnen und hat auch weder Bevölkerung noch Einfahrt. Aber die Haoinsel. Das ist der richtige Platz. Die Lagune ist dreißig Meilen lang und fünf breit. Eine Menge Menschen, gutes Trinkwasser. Und durch die Einfahrt kann jedes Schiff der Welt kommen.«

Er schwieg und sah besorgt auf Kapitän Davenport, der, den Zirkel in der Hand, über die Karte gebeugt, gerade einen leisen Seufzer ausgestoßen hatte.

»Näher als die Haoinsel gibt es keine Lagune mit Einfahrt?« fragte er.

»Nein, Kapitän, das ist die nächste.«

»Schön. Es sind dreihundertundfünfzig Meilen bis dahin.« Kapitän Davenport sprach sehr langsam und entschieden. »Ich will nicht die Verantwortung für alle diese Menschenleben auf mich nehmen. Ich lasse das Schiff auf den Acteoninseln stranden. Und sie ist ein so gutes Schiff«, fügte er bedauernd hinzu, nachdem er den Kurs geändert hatte, wobei er diesmal mehr Rücksicht auf die westliche Strömung nahm.

Eine Stunde darauf war der Himmel überzogen. Der Südostpassat wehte noch, aber der Ozean war ein Schachbrett von Sturmwolken. »Um ein Uhr sind wir da«, verkündete Kapitän Davenport zuversichtlich. »Spätestens um zwei. McCoy, wir wollen sie irgendwo aufsetzen, wo Menschen wohnen.«

Die Sonne kam nicht wieder zum Vorschein, und um ein Uhr war kein Land zu sehen. Der Kapitän ging nach achtern und betrachtete das trügerische Kielwasser der *Pyrenees*.

»Großer Gott!« rief er. »Eine östliche Strömung! Sehen Sie!«

Mr. König war ungläubig. McCoy war zurückhaltend, obgleich er sagte, dass es keinen Grund gäbe, warum es in den Paumotus keine östliche Strömung geben sollte. Wenige Minuten später nahm eine Bö der *Pyrenees* allen Wind, und sie lag nun schwer rollend auf den Wogen.

»Wo ist das Tiefenlot? Über Bord damit!« Kapitän Davenport hielt die Logleine und beobachtete, wie

sie nach Nordosten abtrieb. »Da! Sehen Sie sich das an. Halten Sie sie mal selber.«
McCoy und der Steuermann versuchten es und fühlten, wie die Leine unter dem Griff des Tidenstroms wild schnurrte und zitterte.
»Eine Strömung von vier Knoten«, sagte Mr. König.
»Eine östliche Strömung statt der westlichen«, sagte Kapitän Davenport und blickte McCoy vorwurfsvoll an, als wollte er ihn dafür verantwortlich machen.
»Das ist einer der Gründe dafür, Kapitän, dass die Versicherungsprämie in diesen Gewässern achtzehn Prozent beträgt«, antwortete McCoy fröhlich. »So was lässt sich nie voraussagen. Auf der Yacht *Casco* war ein Mann, der Bücher schrieb – ich hab' seinen Namen vergessen. Er verfehlte Takaroa um dreißig Meilen und kam nach Tikei, nur wegen der wechselnden Strömungen. Sie sind jetzt allzu hoch in Luv und würden gut tun, einige Striche abzufallen.«
»Aber um wieviel hat diese Strömung mich denn versetzt?« fragte der Kapitän zornig. »Woher soll ich wissen, wieviel ich abfallen muss?«
»Ich weiß es nicht, Kapitän«, sagte McCoy mit großer Verbindlichkeit.
Der Wind setzte wieder ein, und die *Pyrenees* lief mit ihrem rauchenden, in dem klaren grauen Licht schimmernden Deck direkt nach Lee. Dann kreuzte sie vor Backbord- und Steuerbord-Halsen zurück

und durchpflügte die See, nach den Acteonsinseln suchend, nach denen die Ausguckleute auf den Masten vergeblich ausspähten.
Kapitän Davenport war außer sich. Seine Wut nahm die Form verbissenen Schweigens an, und er verbrachte den Nachmittag damit, neben der Hütte auf und ab zu gehen oder sich gegen die Luvwanten zu lehnen. Bei Anbruch der Nacht ließ er, ohne McCoy zu befragen, vierkant brassen und den Kurs auf Nordwest setzen. Mr. König, der verstohlen Karte und Kompass, und McCoy, der offen letzteren befragte, wussten, dass sie nach der Haoinsel fuhren.
Um Mitternacht verzogen sich die Wolken, und die Sterne kamen zum Vorschein. Kapitän Davenports Laune besserte sich bei der Aussicht auf einen klaren Tag.
»Morgen früh will ich eine Observation nehmen«, sagte er zu McCoy, »obgleich ich keine Ahnung von unserer Breite habe. Aber ich werde die Sumnersche Methode anwenden und so Klarheit schaffen. Kennen Sie die Sumnersche Linie? «
Und er erklärte sie McCoy in allen ihren Einzelheiten.
Der Tag blieb klar, der Passat blies stetig aus Osten, und die *Pyrenees* machte ebenso stetig ihre neun Knoten. Kapitän und Steuermann berechneten beide die Position nach der Sumnerschen Linie, verglichen sie noch einmal am Nachmittag.

»Noch vierundzwanzig Stunden, und wir sind da«, versicherte der Kapitän Davenport McCoy.

»Ein Wunder, dass das Deck des alten Kastens noch hält. Aber es dauert nicht mehr lange. Es kann nicht mehr lange dauern. Sehen Sie nur, es raucht täglich mehr. Und es war doch ganz dicht zu Beginn der Reise. Frisch kalfatert in San Francisco. Ich war ganz überrascht, als das Feuer ausbrach und wir die Luken verschalten. Sehen Sie da!«

Er brach ab, um mit offenem Munde eine Rauchspirale anzustarren, die sich in Lee des Besanmastes zwanzig Fuß über dem Deck emporringelte.

»Wo kommt das nun her?« fragte er entrüstet.

Darunter war kein Rauch. Vom Deck aufsteigend, durch den Mast vor dem Winde geschützt, nahm er erst in dieser Höhe durch irgendeine Laune Form an und wurde sichtbar. Er ringelte sich vom Mast weg und hing einen Augenblick wie ein drohendes Anzeichen über dem Haupte des Kapitäns. Sein Mund schloss sich wieder.

»Wie gesagt, ich war überrascht, als wir zuerst die Luken verschalten. Es war ein festes Deck und ließ doch den Rauch durch wie ein Sieb. Und seitdem haben wir immer und immer wieder kalfatert. Es muss unten ein furchtbarer Druck herrschen, der soviel Rauch hindurch treibt.«

An diesem Nachmittag überzog sich der Himmel wieder, und stürmisches, regnerisches Wetter setzte

ein. Der Wind wechselte zwischen Südost und Nordost, und um Mitternacht wurde die *Pyrenees* von einer scharfen Bö aus Südwest zurückgetrieben, woher der Wind unaufhörlich blies.
»Wir erreichen Hao nicht vor zehn oder elf«, klagte Kapitän Davenport um sieben Uhr morgens, als das leuchtende Versprechen der Sonne durch trübe Wolkenmassen am östlichen Himmel ausgelöscht war. Und im nächsten Augenblick fragte er klagend: »Und wie steht es mit der Strömung?«
Die Ausguckleute auf den Masten konnten kein Land melden, und der Tag verging mit regnerischen Flauten und heftigen Böen. Bei Anbruch der Nacht setzte eine schwere See aus Westen ein. Das Barometer war auf neunundzwanzig, fünfzig gefallen. Es wehte nicht, und doch begann die unheilvolle See zu wachsen. Bald rollte die *Pyrenees* wie verrückt auf den ungeheuren Wogen, die in unendlicher Prozession aus der Finsternis im Westen heranrollten. Die Segel wurden so schnell gekürzt, wie beide Wachen arbeiten konnten, und als die ermüdete Mannschaft fertig war, konnte man ihre mürrischen und jammernden Stimmen hören, die fast tierisch und drohend in der Dunkelheit klangen. Als einmal die Steuerbordwache nach achtern gerufen wurde, um ein Segel zu sichern, bekundeten die Leute offen ihren Trotz und Unwillen. Jede ihrer langsamen Bewegungen war ein Protest und

eine Drohung. Die Atmosphäre war feucht und klebrig wie Schleim, und bei dem Fehlen des Windes schienen alle Leute nach Luft zu keuchen und zu schnappen. Der Schweiß stand ihnen auf dem Gesicht und den bloßen Armen, und Kapitän Davenport, dessen Gesicht hagerer und sorgenvoller denn je war, starrte mit unruhigen Augen, von einem Gefühl drohenden Unglücks niedergedrückt, vor sich hin.

»Es ist weit im Westen«, sagte McCoy ermutigend. »Schlimmstenfalls streifen wir es eben.«

Aber Kapitän Davenport wollte sich nicht trösten lassen, und beim Licht einer Laterne las er in seinem Handbuch für Schiffsführer das Kapitel, das vom Verhalten bei Zyklonen handelte. Irgendwo mittschiffs wurde die Stille vom leisen Weinen des Schiffsjungen unterbrochen.

»Ach, halt den Mund!«, brüllte Kapitän Davenport plötzlich mit solcher Kraft, dass alle Mann an Bord erschraken und der Störenfried vor Angst in wildes Geheul ausbrach.

»Mr. König«, sagte der Kapitän mit einer vor Wut und Nervosität zitternden Stimme, »wollen Sie nach vorn gehen und diesem Balg mit einem Schwapper den Mund stopfen?«

Aber statt seiner ging McCoy nach vorn und hatte in wenigen Minuten den Jungen beruhigt und zum Schlafen gebracht.

Kurz vor Tagesanbruch begann der erste Lufthauch sich in Südost zu regen und wuchs schnell zu einer steifen und immer steiferen Brise. Alle Mann waren an Deck und warteten, was kommen würde.

»Es steht gut, Kapitän«, sagte McCoy, dicht hinter ihm stehend. »Der Orkan weht westwärts, und wir befinden uns südlich. Diese Brise ist nur der Sog. Es wird nicht schlimmer. Sie können jetzt wieder Segel setzen.«

»Aber, was nützt das? Wohin soll ich fahren? Dies ist der zweite Tag ohne Beobachtungen, und wir hätten die Haoinsel schon gestern früh sichten müssen. In welcher Richtung liegt sie, Norden, Süden, Osten oder was? Sagen Sie mir das, und ich setze sofort die Segel.«

»Ich bin kein Seemann, Kapitän«, sagte McCoy in seiner milden Art.

»Ich hab' immer gedacht, dass ich einer sei«, lautete die Antwort. »Bis ich in diese Paumotus kam.«

Gegen Mittag hörte man vom Ausguck den Ruf: »Brandung voraus!« Die *Pyrenees* glitt durch das Wasser und kämpfte gegen eine Strömung, die sie in die Brandung zu setzen drohte. Offiziere und Mannschaften arbeiteten wie verrückt, Koch und Kajütenjunge, selbst Kapitän Davenport und McCoy legten Hand mit an. Mit Not und Mühe kamen sie davon. Es war eine Untiefe, eine kahle, gefährliche Stelle, über die unaufhörlich die Seen brachen und auf der niemand leben und nicht einmal Seevögel einen Ruheplatz finden konnten. Bis auf wenige Meter wurde die *Pyrenees* herangetrieben, ehe der Wind sie klarmachte, und in dem Augenblick, als die Arbeit überstanden war, brach die übermüdete Mannschaft in eine Flut von Flüchen über das Haupt McCoys aus – McCoys, der an Bord gekommen war, die Fahrt nach Mangareva vorgeschlagen und sie alle von der sicheren Pitcairninsel fortgelockt hatte zu sicherem Verderben in diesem furchtbaren, verwirrenden Fahrwasser. Aber McCoys Seele blieb unerschütterlich. Er lächelte sie mit einfachem, liebenswürdigem Wohlwollen an, und irgendwie schien seine erhabene Güte in ihre schwarzen, finsteren Seelen zu dringen, sie zu beschämen und aus dieser Scham heraus die in ihren Kehlen zitternden Flüche zu unterdrücken.

»Schlechtes Fahrwasser! Schlechtes Fahrwasser!«, murmelte Kapitän Davenport, als das Schiff klar lag; aber er brach plötzlich ab, um auf die Untiefe zu starren, die achtern hätte sein müssen, sich aber schon in Luv der *Pyrenees* befand und sich reißend schnell nach Lee drehte.

Er setzte sich nieder und verbarg das Gesicht in den Händen. Und der Erste Steuermann und McCoy und die Mannschaft, sie alle sahen, was er gesehen hatte. Südlich der Untiefe hatte eine östliche Strömung sie hingetrieben; nördlich von ihr hatte nun eine ebenso reißende westliche Strömung das Schiff gepackt und trieb es weg.

»Ich hab' schon früher von diesen Paumotus reden hören«, seufzte der Kapitän, indem er sein blasses Gesicht hob. »Kapitän Movendale erzählte mir von ihnen, nachdem er sein Schiff dort verloren hatte. Und ich lachte ihn hinter seinem Rücken aus. Gott verzeihe es mir, ich lachte ihn aus. Was für eine Untiefe ist das hier?«, fragte er abbrechend McCoy.

»Ich weiß es nicht, Kapitän.«

»Warum wissen Sie es nicht?«

»Weil ich sie noch nie gesehen und noch nie von ihr gehört habe. Ich weiß, dass sie auf der Karte nicht verzeichnet ist. Diese Gewässer sind noch nie genau durchforscht worden.«

»Sie wissen also nicht, wo wir sind?«

»So wenig wie Sie«, sagte McCoy freundlich.

Um vier Uhr nachmittags wurden Kokospalmen gesichtet, die aus dem Wasser emporzuwachsen schienen. Etwas später hob sich ein niedriges Atoll über das Wasser.

»Jetzt weiß ich, wo wir sind, Kapitän.« McCoy ließ das Glas von den Augen sinken. »Das ist die Resolutionsinsel. Wir befinden uns vierzig Meilen hinter der Haoinsel, und der Wind ist uns entgegen.«

»Dann wollen wir klarmachen, um das Schiff auflaufen zu lassen. Wo ist die Einfahrt?«

»Es gibt nur eine für Kanus. Aber da wir jetzt wissen, wo wir sind, können wir nach Barclay de Tolley laufen. Es sind nur hundertundzwanzig Meilen von hier, gerade in Nordnordwest. Bei dieser Brise können wir morgen früh um neun Uhr da sein.«
Kapitän Davenport befragte die Karte und kämpfte mit sich.
»Wenn wir stranden, müssen wir die Fahrt nach Barclay de Tolley ebensogut in den Booten machen«, fügte McCoy hinzu.
Der Kapitän erteilte seine Befehle, und wieder machte sich die *Pyrenees* auf die Fahrt durch die ungastliche See.
Und der nächste Nachmittag sah Verzweiflung und Meuterei auf dem rauchenden Deck. Die Strömung hatte zugenommen, der Wind nachgelassen, und die *Pyrenees* war nach Westen abgesackt. Der Ausguck sichtete Barclay de Tolley im Osten, und vergebens versuchte die *Pyrenees* stundenlang, sich dorthin durchzubeißen. Immer schwebten wie durch ein Wunder die nur vom Mastkorb aus sichtbaren Kokospalmen über dem Horizont. Von Deck aus waren sie durch die Krümmung der Erde verborgen. Wieder befragte Kapitän Davenport McCoy und die Karte. Makeno lag fünfundsiebzig Meilen nach Südwest. Ihre Lagune war dreißig Meilen lang und die Einfahrt ausgezeichnet. Als aber Kapitän Davenport seine Befehle erteilte, verweigerte die

Mannschaft den Gehorsam. Sie erlärte, genug von dem Höllenfeuer unter ihren Füßen zu haben. Dort lag das Land. Wenn das Schiff es nicht erreichen konnte, so konnten sie es in ihren Booten erreichen. Lasst das Schiff doch brennen. Ihr Leben war mehr wert. Sie hatten dem Schiff treu gedient, jetzt wollten sie an sich selber denken.

Sie stießen den Zweiten und Dritten Steuermann beiseite, sprangen an die Boote und begannen sie auszuschwenken und zum Niederlassen klarzumachen. Kapitän Davenport und der Erste Steuermann näherten sich ihnen mit Revolvern in den Händen, als McCoy, der auf das Dach der Hütte geklettert war, zu sprechen anfing.

Er sprach zu den Matrosen, und beim ersten Laut seiner taubengleichen, sanften Stimme hielten sie inne, um zuzuhören. Er teilte ihnen seine eigene unaussprechliche Heiterkeit und Ruhe mit. Seine sanften Worte, seine einfachen Gedanken flossen in einem magischen Strom zu ihnen und besänftigten sie gegen ihren Willen. Lange vergessene Dinge fielen ihnen ein, und einige dachten an Wiegenlieder aus der Kindheit, an die Ruhe und die Zufriedenheit, wenn die Mutter sie zu Bett brachte. Es gab für sie keine Sorgen, keine Gefahr, keinen Verdruss mehr in der ganzen Welt. Alles war so, wie es sein sollte, und dass sie dem Lande jetzt den Rücken drehten und wieder in See stachen mit der

höllischen Hitze unter ihren Füßen, war eine Selbstverständlichkeit.
McCoy sprach ganz einfach; aber es war nicht das, was er sprach. Es war seine Persönlichkeit, die beredter war als alle Worte, die er hätte aussprechen können. Es war eine unfassbar feine und abgrundtiefe Alchimie der Seele – eine geheimnisvolle Ausstrahlung seines Geistes, verführerisch, voll inniger Demut und doch von gebieterischem Zwange. Es war eine Erleuchtung der finsteren Tiefen ihrer Seelen, eine zwingende Macht von Reinheit und Güte, weit größer als die, die in den blanken, todsprühenden Revolvern der Offiziere wohnte.
Die Männer schwankten widerstrebend, und die getörnten Taue wurden wieder festgemacht. Dann stahlen erst einer und dann der andere und schließlich alle sich linkisch weg.
McCoys Antlitz strahlte vor kindlicher Freude, als er vom Dach der Hütte herunterstieg. Es gab keinen Aufruhr, hatte nie einen gegeben, denn die glückselige Welt, in der er lebte, hatte keinen Raum dafür.
»Sie haben sie hypnotisiert«, sagte Mr. König, leise lachend, zu ihm.
»Die Jungen sind gut«, lautete die Antwort. »Ihre Herzen sind gut. Sie haben eine schwere Zeit hinter sich, haben schwer gearbeitet und müssen es noch tun, bis wir durch sind.«

Mr. König hatte keine Zeit, um zu antworten. Er erteilte Befehle, die Matrosen sprangen gehorsam, und die *Pyrenees* fiel langsam vom Wind ab, bis ihr Bug in die Richtung von Makemo wies.

Der Wind war sehr leicht und legte sich fast ganz nach Sonnenuntergang. Es war unerträglich heiß, und vorn und achtern versuchte man vergeblich zu schlafen. Das Deck war zu heiß, um darauf zu liegen, und giftige Dämpfe, die durch die Fugen sickerten, krochen wie böse Geister über das Schiff, stahlen sich in Nasen und Luftröhren der Unachtsamen und verursachten Anfälle von Husten und Niesen. Die Sterne blinkten träge an der dunklen Himmelswölbung, und der im Osten auftauchende Vollmond berührte mit seinen Strahlen die Vielfalt der Büschel, Gewinde und spinnwebenfeinen Schleier von Rauch, die sich das Deck entlang über Reling, Masten und Wanten schlangen, wanden und drehten.

»Sagen Sie«, fragte Kapitän Davenport, sich seine beißenden Augen reibend, »was wurde eigentlich aus der Mannschaft der *Bounty*, nachdem sie Pitcairn erreicht hatte. Der Bericht, den ich las, besagte, dass sie das Schiff verbrannten, und dass man sie erst nach vielen Jahren wieder entdeckte. Aber was geschah unterdessen? Ich hätte es immer gern gewusst. Es waren Männer dabei, die den Hals in der Schlinge stecken hatten. Auch einige Eingeborene waren dabei. Und Frauen. Es scheint, dass es gleich nach der Landung einige Unruhen gab.«

»Es gab Unruhen«, antwortete McCoy. »Es waren schlechte Menschen. Sie stritten sich gleich um die Frauen. Einer der Meuterer, Williams, verlor seine Frau. Alle Frauen stammten von Tahiti. Seine Frau fiel bei der Jagd auf Seevögel von den Klippen. Da nahm er einem Eingeborenen die Frau weg. Die Eingeborenen wurden dadurch alle sehr aufgebracht, und sie töteten fast alle Meuterer. Dann töteten die Meuterer, die entkommen waren, ihrerseits alle Eingeborenen. Die Frauen halfen ihnen. Und die Eingeborenen töteten einander. Es war ein allgemeines Abschlachten. Es waren schreckliche Menschen.

Timiti wurde von zwei andern Eingeborenen getötet, die ihm freundschaftlich das Haar kämmten. Die Weißen hatten sie dazu angestiftet. Dann wurden sie selbst von den Weißen getötet. Tullaloo wurde von seiner eigenen Frau in einer Höhle getötet, weil sie einen Weißen zum Manne haben wollte. Sie waren sehr gottlos. Gott hatte sein Antlitz von ihnen gewendet. Nach zwei Jahren waren alle Eingeborenen und alle Weißen bis auf vier ermordet. Das waren Young, John Adams, McCoy – mein Urgroßvater – und Quintal. Das war auch ein sehr schlechter Mensch. Einmal biss er seiner Frau ein Ohr ab, nur weil sie nicht genug Fische gefangen hatte.«

»Was für eine Bande!«, rief Mr. König.
»Ja, sie waren sehr schlecht«, bestätigte McCoy und setzte, heiter girrend, den Bericht von Blut und Wollust seiner schändlichen Vorfahren fort. »Mein Urgroßvater entging der Ermordung, um von seiner eigenen Hand zu sterben. Er machte einen Destillierkolben und verfertigte Schnaps aus den Blättern der Tipflanze. Quintal war sein Kumpan, und sie waren beide immer betrunken. Schließlich bekam McCoy Säuferwahnsinn, band sich einen Stein um den Hals und sprang ins Meer.
Quintals Frau, die, der er das Ohr abgebissen hatte, kam auch durch einen Sturz von den Klippen um. Darauf ging Quintal zu Young und verlangte dessen Frau. Adams und Young hatten Furcht vor Quintal. Sie wussten, dass er sie töten wollte. So töteten sie ihn, zwei gegen einen, mit einem Beil. Dann starb Young. Und das waren ungefähr alle Unruhen, die sie durchmachten.«
»Das hätte ich mir denken können«, schnaubte Kapitän Davenport. »Es gab ja keinen mehr zum Töten.«
»Sie sehen, Gott hatte sein Antlitz abgewendet«, sagte McCoy.
Am Morgen wehte nur noch ein schwacher Hauch aus Osten, und da er damit keine beträchtlichen Fortschritte nach Süden machen konnte, ließ Kapitän Davenport auf Backbord voll und bei aufholen. Er fürchtete sich vor dieser schrecklichen west-

lichen Strömung, die ihn um so viele Zufluchtshäfen betrogen hatte. Den ganzen Tag und die ganze Nacht dauerte die Flaute, und die Matrosen murrten bei ihrer knappen Ration getrockneter Bananen. Sie begannen die Kräfte zu verlieren und klagten über Magenschmerzen infolge der ausschließlichen Bananenkost. Den ganzen Tag trug die Strömung die *Pyrenees* nach Westen, es gab keinen Wind, der sie hätte nach Süden bringen können. Gegen Mitte der ersten Hundewache sichtete man gerade im Süden Kokospalmen, deren büschelartige Häupter sich über das Wasser erhoben und ein niedrig gelegenes Atoll darunter bezeichneten.

»Das ist die Taengainsel«, sagte McCoy. »Wir brauchen heute abend Wind, sonst verfehlen wir Makemo.«

»Was ist aus dem Südostpassat geworden?« fragte der Kapitän. »Warum weht er nicht? Woran liegt das?«

»Das machen die Ausdünstungen der großen Lagunen – es sind ihrer so viele«, erklärte McCoy. »Die Ausdünstung macht das ganze Passatsystem zunichte. Sie ist sogar Schuld daran, dass der Wind sich dreht und Stürme aus Südwest wehen. Dies ist der gefährliche Archipel, Kapitän.«

Kapitän Davenport sah den alten Mann an, öffnete den Mund und wollte fluchen, hielt jedoch an sich. McCoys Gegenwart hemmte die Schmähungen, die sich in seinem Hirn regten, und die in seiner Kehle zitterten. Der Einfluss McCoys war während der vielen Tage ihres Zusammenseins gewachsen. Kapitän Davenport war eine Herrennatur. Er fürchtete niemanden, zügelte nie seine Zunge. Aber er war jetzt nicht fähig, in Gegenwart dieses alten Mannes mit den braunen Augen einer Frau und der Taubenstimme zu fluchen. Als Kapitän Davenport sich hierüber klar wurde, gab es ihm einen deutlichen Stoß. Dieser alte Mann war nur ein Nachkomme McCoys, McCoys von der *Bounty*, des Meuterers, der dem Strick entflohen war, der seiner in England wartete, des McCoys, der in Pitcairns ersten Tagen mit Blut und Wollust und gewaltsamem Tode eine böse Macht gewesen war.

Kapitän Davenport war nicht fromm, aber in diesem Augenblick fühlte er einen starken Trieb, sich dem andern zu Füßen zu werfen und - er wusste selbst nicht, was - zu sagen. Es war eine Erregung, die er tief wie einen zusammenhängenden Gedanken empfand, und in unklarer Weise wurde er sich seines eigenen Unwertes und seiner Kleinheit in Gegenwart dieses andern Mannes bewusst, der die Einfalt eines Kindes und die Güte einer Frau besaß. Natürlich konnte er sich vor den Augen seiner Offiziere und Mannschaften nicht so demütigen. Und doch wütete der Zorn, der ihm die Schmähungen eingegeben hatte, immer noch in ihm. Plötzlich schlug er mit der geballten Faust gegen die Hütte und rief:

»Hören Sie, Alter, ich will mich nicht schlagen lassen. Die Paumotus haben mich betrogen, getäuscht und verrückt gemacht. Aber ich will mich nicht ergeben. Ich lasse das Schiff treiben und immer weiter durch die ganzen Paumotus bis nach China treiben, aber ich will einen Platz dafür finden. Und wenn die ganze Mannschaff durchbrennt, ich bleibe. Ich will es den Paumotus schon zeigen. Sie sollen mich nicht zum Narren halten. Der Kasten ist gut, und ich bleibe auf ihm, solange noch eine Planke hält. Hören Sie?«
»Und ich bleibe bei Ihnen, Kapitän«, sagte McCoy.
Im Laufe der Nacht wehten leichte, veränderliche Winde aus Süd, und der wütende Kapitän mit seiner brennenden Ladung beobachtete und maß seinen Abstrich nach Westen und ging mehrmals abseits, um leise zu fluchen, dass McCoy es nicht hören sollte. Das Tageslicht zeigte im Süden mehrere Palmen, die aus dem Wasser wuchsen.
»Das ist die Leespitze von Makemo«, sagte McCoy. »Katiu liegt nur fünf Meilen weiter westlich. Das lässt sich vielleicht machen.«
Aber die Strömung zwischen den beiden Inseln warf sie nach Nordwesten, und um ein Uhr nachmittags sahen sie die Palmen von Katiu über der See aufsteigen und in die See zurücksinken.
Wenige Minuten später, gerade als der Kapitän entdeckt hatte, dass eine neue Strömung aus Nord-

osten die *Pyrenees* ergriffen hatte, meldete der Ausguck Kokospalmen in Nordwest.

»Das ist Raraka«, sagte McCoy. »Wir können es nicht ohne Wind schaffen. Die Strömung zieht uns nach Südwesten. Aber wir müssen aufpassen. Wenige Meilen weiter fließt eine Strömung nach Norden und macht einen Kreis nach Nordwesten. Die würde uns von Fakarava abbringen, und Fakarava ist der richtige Platz für die *Pyrenees*.«

»Sie kann uns bringen, wohin der Teufel will«, bemerkte Kapitän Davenport hitzig. »Wir finden doch noch einen Platz für das Schiff.«

Aber die Situation hatte jetzt nahezu ihren Höhepunkt erreicht. Das Deck war so heiß, dass es schien, eine Zunahme von wenigen Graden müsse es in Flammen ausbrechen lassen. An manchen Stellen boten selbst die dick besohlten Schuhe der Mannschaften keinen Schutz, und sie waren gezwungen, zu laufen, um sich die Füße nicht zu verbrennen. Der Rauch hatte zugenommen und war beißender geworden.

Alle an Bord litten an entzündeten Augen, und sie husteten und jappten wie eine Schar lungenkranker Patienten. Am Nachmittag wurden die Boote ausgeschwungen und ausgerüstet. Die letzten Pakete mit getrockneten Bananen wurden in ihnen verstaut, ebenso die Instrumente der Offiziere. Kapitän Davenport legte sogar den Chrono-

meter ins Langboot, aus Furcht, dass das Deck jeden Augenblick in die Luft gesprengt werden könnte.
Die ganze Nacht hindurch lastete diese Befürchtung schwer auf ihnen, und beim ersten Grauen des Morgens starrten sie sich mit hohlen Augen und geisterhaften Gesichtern an, als wären sie erstaunt, dass die *Pyrenees* noch zusammenhielt und sie noch am Leben waren.
Mit schnellen Schritten und hin und wieder recht würdelos springend und hüpfend, besichtigte Kapitän Davenport das Deck seines Schiffes.
»Es ist jetzt eine Frage von Stunden, wenn nicht von Minuten«, verkündete er bei seiner Rückkehr zur Hütte.
Der Ruf »Land in Sicht!« ertönte vom Mastkorb. Von Deck aus war das Land nicht zu sehen, und McCoy enterte hinauf, während der Kapitän die Gelegenheit wahrnahm, um sich etwas von der aufgespeicherten Bitterkeit von der Seele zu fluchen. Aber das Fluchen wurde plötzlich dadurch unterbrochen, dass er eine dunkle Linie auf dem Wasser nach Nordost sichtete. Es war keine Bö, sondern eine regelmäßige Brise – der unterbrochene Passat, acht Striche aus seiner normalen Richtung, aber doch wieder in Tätigkeit.
»Halten Sie darauf, Kapitän«, sagte McCoy, sobald er wieder bei der Hütte stand. »Das ist die Ostspitze

von Fakarava, und bei dem Wind können wir mit vollen Segeln durch die Einfahrt kommen.«

Nach einer Stunde wurden die Kokospalmen und das Land von Deck aus sichtbar. Das Gefühl, dass die *Pyrenees* am Ende ihrer Widerstandskraft angelangt sei, lastete schwer auf allen. Kapitän Davenport hatte die drei Boote hinuntergelassen und schleppte sie kurz achtern, einen Mann in jedem, um sie abzuhalten. Die *Pyrenees* streifte fast das Gestade, hinter dem man das weiß von der Brandung schäumende Atoll nur zwei Kabellängen entfernt sah.

»Machen Sie fertig zum Fieren, Kapitän«, warnte McCoy.

Und eine Minute später verschwand das Land, um eine enge Einfahrt und dahinter die Lagune zu zeigen, einen großen Spiegel von dreißig Meilen Länge und zehn Meilen Breite. »Jetzt, Kapitän!«

Zum letzten Male schwangen sich die Rahen der *Pyrenees* herum, sie gehorchte dem Rad und drehte in die Einfahrt. Die Wendung war kaum vorgenommen und die Taue noch nicht festgemacht, als die Leute in panischen Schrecken zur Hütte zurückhasteten. Es war nichts geschehen, aber sie versicherten, dass im nächsten Augenblick etwas geschehen würde. Sie konnten nicht sagen, warum, aber sie wussten es. McCoy begab sich nach vorn, um sich am Bug hinzustellen und das Schiff hineinzulotsen; aber der Kapitän ergriff ihn am Arm und drehte ihn herum.

»Machen Sie's von hier aus«, sagte er. »Das Deck ist nicht sicher. Was ist los?« fragte er im nächsten Augenblick. »Wir stehen still.«

McCoy lächelte.

»Wir sind auf eine Strömung von sieben Knoten gestoßen, Kapitän«, sagte er. »So läuft die volle Ebbe zu dieser Einfahrt hinaus.«

Nach einer weiteren Stunde war die *Pyrenees* kaum um ihre Länge vorwärts gekommen, aber der Wind frischte auf, und sie begann, schnellere Fahrt zu machen.

»Einige Mann schnell in die Boote!« kommandierte Kapitän Davenport.

Seine Stimme war noch nicht verklungen, und die Leute wollten gerade den Befehl ausführen, als eine Masse von Rauch und Flammen in Segel und Takelage geschleudert wurde, wo ein Teil hängenblieb, während der Rest ins Wasser fiel. Dass der Wind quer stand, hatte die achtern stehende Mannschaft gerettet. Sie rannte blindlings nach den Booten, aber McCoys Stimme ließ sie Halt machen. »Ruhig Blut«, sagte er. »Es ist alles in Ordnung. Ach, seid so gut und lasst den Jungen hinunter.« Der Rudergast hatte in größter Angst das Rad verlassen, aber Kapitän Davenport war zugesprungen und hatte noch rechtzeitig genug in die

Speichen gegriffen, um zu verhindern, dass das Schiff von der Strömung erfasst und auf den Strand gesetzt wurde.

»Übernehmen Sie den Befehl über die Boote«, sagte er zu Mr. König. »Nehmen Sie sie kurz ins Schlepp, direkt unter der Luvseite. Wenn ich von Bord gehe, können sie in Fahrt bleiben.«

Mr. König zögerte, kletterte dann über die Reling und ließ sich in das Boot hinab.

»Halten Sie einen halben Strich ab, Kapitän.«

Es gab Kapitän Davenport einen Ruck. Er hatte gedacht, dass er allein auf dem Schiff geblieben wäre.

»Jawohl, jawohl«, antwortete er. »Ein halber Strich ist es.«

Mittschiffs war die *Pyrenees* ein offenes Flammenmeer, aus dem eine ungeheure Rauchmasse hervordrang, die sich bis über die Masten erhob und den vorderen Teil des Schiffes einhüllte. McCoy setzte im Schutze der Besanwanten seine schwierige Aufgabe fort, das Schiff durch den engen Kanal zu lotsen. Das Feuer breitete sich vom Explosionsherd aus am Deck entlang nach achtern aus, während die mächtigen schwebenden Segel am Großmast sich flammend blähten und verschwanden. Obgleich sie es nicht sehen konnten, wussten sie, dass die Vordersegel noch hielten.

»Wenn nur nicht alle Segel verbrennen, bevor wir drinnen sind«, seufzte der Kapitän.

»Sie macht es«, versicherte McCoy mit äußerster Zuversicht. »Wir haben noch viel Zeit. Sie macht es bestimmt. Und wenn sie erst drinnen ist, legen wir sie vor den Wind; das hält den Rauch von uns ab und hindert das Feuer, nach achtern überzugreifen.«
Eine Flammenzunge sprang auf den Besanmast, leckte hungrig nach der untersten Segelreihe, traf sie aber nicht und verschwand wieder. Von oben fiel ein brennender Taufetzen dem Kapitän auf den Nacken. Wie von einer Biene gestochen, ergriff er ihn und strich das Feuer von sich ab.
»Wo liegt sie, Kapitän?«
»Nordwest zu West.«
»Halten Sie sie Westnordwest.«
Kapitän Davenport drehte das Rad und richtete es.
»West zu Nord, Kapitän.«
»West zu Nord ist es.«
»Und jetzt West.«
Langsam, Strich für Strich beschrieb die *Pyrenees* in die Lagune kommend, den Kreis, der sie vor den Wind setzte, und Strich für Strich, mit einer Ruhe und Sicherheit, als habe er noch tausend Jahre Zeit, rief McCoy den wechselnden Kurs aus.
»Noch einen Strich, Kapitän.«
»Ein Strich ist es.«
Kapitän Davenport drehte das Rad um mehrere Speichen, drehte dann plötzlich zurück und fiel einen Strich ab, um das Schiff zu halten.

»Geradeaus.«
»Geradeaus ist es – ganz genau.«
Obwohl der Wind jetzt von achtern kam, war die Hitze so heftig, dass Kapitän Davenport, von der Seite aus nach dem Kompass schielend, genötigt war, das Rad bald mit der einen, bald mit der andern Hand loszulassen, um die Wangen zu beschützen und sich die Blasen zu reiben. McCoys Bart knisterte und krümmte sich, und der Geruch, der dem andern gerade in die Nase zog, ließ ihn plötzlich besorgt auf McCoy blicken. Kapitän Davenport ließ die Speichen abwechselnd mit den Händen los, um die blasenbedeckten Handrücken gegen die Hose zu reiben. Alle Segel am Besanmast gingen in Flammen auf, was die beiden Männer zwang, sich zu bücken und das Gesicht zu schützen.
»Jetzt«, sagte McCoy, indem er einen Blick auf das niedrige Gestade warf, »vier Striche in den Wind, Kapitän, und dann lassen Sie sie treiben.«
Fetzen von brennendem Tauwerk und Segeln fielen auf sie herab. Der teerige Rauch eines schwelenden Tauendes zu Füßen des Kapitäns verursachte ihm einen heftigen Hustenanfall, doch hielt er die Speichen fest. Die *Pyrenees* stieß auf, ihr Bug hob sich, und sie hielt mit einem sanften Grundstoß. Ein Schauer von brennenden Trümmern fiel infolge des Rucks auf sie nieder. Das Schiff bewegte sich wieder und stieß ein zweites

Mal auf. Es zermalmte die spröden Korallen unter seinem Kiel, glitt weiter und stieß zum dritten Male auf.

»Fest«, sagte McCoy. »Fest?« wiederholte er eine Minute später sanft.

»Sie gehorcht dem Ruder nicht mehr«, lautete die Antwort.

»Gut. Jetzt dreht sie sich.« McCoy guckte über die Seite. »Weicher, weißer Sand. Nicht besser zu wünschen. Ein prachtvoller Platz.«

Als die *Pyrenees* mit dem Achterende vom Wind abschwojte, erfolgte ein furchtbarer Ausbruch von Rauch und Feuer. Kapitän Davenport musste vor Schmerzen das Rad loslassen. Er erreichte die Fangleine des Bootes, das in Luv lag, und sah dann nach McCoy, der beiseite trat, um ihn vorangehen zu lassen.

»Erst Sie«, rief der Kapitän, packte ihn an der Schulter und zerrte ihn beinahe über die Reling. Aber Flammen und Rauch waren zu schrecklich, und er folgte McCoy hart auf den Fersen. Beide Männer kletterten und glitten zuletzt zusammen an dem Tau ins Boot. Ein Matrose durchschnitt die Fangleine mit seinem Taschenmesser, ohne den Befehl abzuwarten. Die Riemen, die klargehalten waren, fielen ins Wasser, und das Boot schoss hinweg.

»Ein prachtvoller Platz«, murmelte McCoy zurückblickend.

»Ja, ein prachtvoller Platz, und das haben wir Ihnen zu verdanken«, lautete die Antwort.

Die drei Boote ruderten zum weißen Strand der Korallenküste, hinter dem man an der Ecke eines Kokoshains ein halbes Dutzend Grashütten und eine Schar aufgeregter Eingeborener sah, die mit großen Augen auf die Feuersbrunst starrten, die zu ihnen an Land gekommen war.

Die Boote stießen auf Grund, und die Insassen stiegen auf den weißen Sand.

»Und jetzt«, sagte McCoy, »muss ich sehen, wie ich nach Pitcairn zurückkomme.«

# Die verlorene Prise

»Die werden sich gar nicht erst auf lange Erklärungen und Entschuldigungen einlassen, sage ich euch. Ihr habt die Fanggrenze überschritten, und damit basta. Festnehmen werden sie euch, und ab geht's nach Sibirien, in die Salzbergwerke. Und was Onkel Sam betrifft, da macht euch nur keine Hoffnung, was wird der schon erfahren? Nicht ein Sterbenswörtchen wird über uns in die Staaten gelangen. Die *Mary Thomas*, so wird in den Zeitungen stehen, die *Mary Thomas* ist mit der gesamten Besatzung verloren gegangen, wahrscheinlich in einem Taifun in der Japanischen See. Das werden die Zeitungen sagen – und die Leute auch. Mit euch aber geht's inzwischen ab nach Sibirien, in die Salzbergwerke. Für die Welt und für alle Freunde und Verwandten werdet ihr tot und begraben sein, und wenn ihr noch fünfzig Jahre am Leben bleiben solltet.«

So schätzte John Lewis, allgemein als der »Salzwasser-Advokat« bekannt, ihre Lage ein und machte auch kein Hehl aus seiner Meinung.

Es waren bedeutungsschwere Augenblicke in der Back der *Mary Thomas*. Kaum hatte die Freiwache unter Deck begonnen, über die gefährliche Lage miteinander zu reden, da kam auch die Deckswache nach unten und gesellte sich zu ihr. Oben herrschte völlige Windstille, und so war an Deck jede Hand entbehrlich, ausgenommen der Mann am Ruder natürlich, der hatte aus Gründen der Disziplin auf seinem Posten zu bleiben. Sogar »Bub« Russell, der Schiffsjunge, hatte sich unter sie gemischt, um zu hören, was anlag.
Die sorgenvollen Mienen der Matrosen drückten aus, wie schwerwiegend die Situation war. Seit drei Monaten befanden sie sich mit dem Robbenschoner *Mary Thomas* entlang der japanischen Küste bis hinauf zur Behring-See auf Robbenfang. Doch hier, auf der asiatischen Seite der See, waren sie gezwungen, die Jagd zu beenden oder zumindest ihren Kurs nicht weiter zu verfolgen; denn von hier ab patroullierten russische Kreuzer auf den verbotenen Fanggründen und sorgten dafür, dass die Robben ihren Nachwuchs ungestört aufziehen konnten.
Vor einer Woche waren sie in dichten Nebel und in die Flaute geraten, und der Nebel hatte sich seither auch nicht wieder gehoben, und nur gelegentlich hatte sich das Wasser unter einem leichten Lufthauch gekräuselt. Das hatte sie normalerweise auch

nicht aus der Ruhe gebracht, denn Robbenfänger hatten es nie besonders eilig, so lange sie sich mitten unter Seehunden befanden. Was ihnen nun Sorge bereitete, war die Tatsache, dass sie von der Strömung, die in dieser Gegend vorherrscht, erheblich nach Norden versetzt wurden. Die *Mary Thomas* war über die Fanggrenze getrieben worden und drang nun Stunde um Stunde, ohne ihr Zutun, weiter in jene gefährlichen Gewässer ein, in denen der russische Bär Wache hielt.

Wie weit sie bereits gedriftet waren, das wusste niemand so recht, denn die Sonne und auch die Sterne waren seit einer Woche unsichtbar geblieben, sodass der Kapitän keine Standortbestimmungen durchführen konnte. Schon im nächsten Augenblick konnte ein russischer Kreuzer auf sie stoßen und alle Mann nach Sibirien verschleppen. Das Schicksal anderer wildernder Robbenfänger war den Männern der *Mary Thomas* nur zu gut bekannt, und die Aussicht auf ein ähnliches Schicksal machte ihre Mienen so sorgenvoll.

»Freunde«, nahm ein deutscher Bootsführer das Wort, »Freunde, was für ein schlechtes Geschäft! Ausgerechnet jetzt, da wir so'n guten Fang drin'n hab'n, und alles ganz ehrlich un' anständig gejagt, da muss noch was schiefgehen! Die Russen werden uns kriegen, sich unsere Felle und unseren Schoner schnappen und uns wie die Anarchisten nach Sibirien verschleppen. Ach, ein feines Geschäft haben die dann gemacht!«

»Ja, das trifft ins Schwarze«, fuhr der »Salzwasser-Advokat« fort. »Fünfzehnhundert Felle in den Salzstapeln, und keins davon unerlaubt gejagt, und bald für jeden von uns ein guter Zahltag in Aussicht – und dann geschnappt werden und alles verlieren! Was anderes wär's ja, wenn wir wirklich geräubert hätten; aber es war ehrliche Arbeit in freiem Wasser.«

»Wenn wir nichts Verbotenes getan haben, können die uns doch auch nichts tun, oder?«, fragte Bub.

»Da schlag einer lang hin!«, protestierte ein englischer Matrose, der über seiner Koje lehnte. »Seit wann gehört es sich, dass ein Junge in deinem Alter seine Nase hineinsteckt, wenn die Älteren reden!«

»Lass ihn nur, Jack, 's hat schon seine Richtigkeit«, antwortete ihm der »Salzwasser-Advokat«, »der gehört voll mit dazu. Ist der nicht genauso im Begriff, seinen Anteil zu verlieren, wie wir alle?«

»Keinen einzigen Cent gönn' ich denen!«, brummte Jack verdrossen. Er hatte sich mit der Absicht getragen, nach seiner Abmusterung nach Hause, zu seiner Familie in Chelsea, zu gehen; und jetzt fühlte er sich bei dem bloßen Gedanken wie vor den Kopf gestoßen, dass er womöglich nicht nur seine Heuer, sondern obendrein auch noch seine Freiheit verlieren könnte.

»Woher sollen die wissen, ob wir was Verbotenes getan haben oder nicht?«, ging der »Salzwasser-Advokat« auf Bubs Frage ein. »Wir befinden uns nun einmal in verbotenen Gewässern. Die können genauso gut annehmen, dass wir doch in voller Absicht hergekommen sind. Wir sind nun mal hier, mit fünfzehnhundert Fellen im Laderaum. Woher sollen die wissen, ob wir uns die im freien oder im verbotenen Fanggebiet geholt haben? Merkst du nicht, Bub, dass der ganze Augenschein gegen uns spricht? Wenn du einen Mann erwischst, der die Taschen voll mit Äpfeln hat, wie sie auf deinem Baum wachsen, und wenn du ihn obendrein auch noch in deinem Garten erwischst – was würdest du glauben, auch wenn er dir weismachen wollte, es hätte ihn nur so irgendwie dorthin verschlagen und die Äpfel stammten bestimmt von einem anderen Baum – was würdest du glauben, häh?«
So ins rechte Licht gesetzt, wurde die Sachlage Bub viel klarer, und er schüttelte entmutigt den Kopf.
»Dann schon lieber tot als nach Sibirien«, sagte einer der Bootsruderer. »Die stecken dich in die Salzbergwerke und lassen dich schuften, bis du eingehst. Nie wieder siehst du Tageslicht. Wisst ihr, ich hab' von einem gehört, den hatten sie mit 'ner Kette an einem Kumpel angeschlossen. Sein Kumpel starb, und sie waren zusammengekettet! Kommst du aber womöglich in die Quecksilberminen, dann

kriegst du auch noch den Speichelfluss. Lieber gehängt werden als das!«

»Den Speichelfluss, wie das?«, fragte Jack, der sich unter dem Eindruck neuer übler Aussichten jäh in seiner Koje aufgesetzt hatte.

»Nun, das Quecksilber gelangt in dein Blut, davon kommt's wohl. Dann schwillt dein Gaumen an, als wenn du Skorbut hättest, nur viel schlimmer, und im Kiefer werden deine Zähne locker. Dann bilden sich große Geschwüre, und du stirbst auf schreckliche Weise. Nicht der stärkste Kerl kann lange beim Quecksilberabbau durchhalten.«

»Ein schlechtes Geschäft«, wiederholte der Bootsführer mit schmerzlich bewegter Stimme, »ein schlechtes Geschäft. Ich wünschte, ich wär' in Yokohama. He, was war das eben?«

Das Schiff hatte plötzlich übergeholt, die Decks lagen schräg, ein Blechtopf rollte rasselnd und klappernd über den Boden. Von oben waren Geräusche von schlagenden Segeln und dem vibrierenden Achterliek am nur lose durchgeholten Vorsegel zu vernehmen. Gleich darauf hörten sie durch den Niedergang den Steuermann rufen:

»Alle Mann an Deck zum Segel setzen.«

Noch nie hatte ein Befehl soviel Begeisterung ausgelöst wie dieser. Die Flaute war vorüber. Der Wind war gekommen, der sie nach Süden, in Sicherheit bringen sollte. Mit unbändigem Freudengeschrei stürzten alle an Deck. Sie arbeiteten in wilder Hast, setzten Toppsegel, Außenklüver und Stagsegel. Während sie noch bei der Arbeit waren, hob sich die Nebelbank, und das dunkle Gewölbe des Nachthimmels, übersät mit den altvertrauten Sternbildern, war plötzlich wieder zu sehen. Als alles ausgeführt war, lag die *Mary Thomas* bei halbem Wind leicht über und lief mit stetem Eintauchen und wieder Heben genau nach Süden.

»Dampferlaternen Backbord voraus, Sir!« schrie plötzlich der Ausguck vorne auf dem Vorderdeck mit aufgeregter Stimme. Der Kapitän schickte Bub nach unten, sein Nachtglas zu holen. Alle rannten nach Lee, standen dort an der Reling versammelt und starrten angespannt zu dem verdächtigen unbekannten Schiff hinüber, das zwar noch schwer auszumachen und zu erkennen war, jedoch näher zu kommen schien. In diesen unbefahrenen Gewässern standen die Chancen eins zu tausend, dass es irgend etwas anderes als eine russische Patrouille sein könnte. Der Kapitän blickte immer noch starr durch sein Glas, als es an der Seite des Fremden kurz aufblitzte und gleich darauf der laute Knall eines Geschützes zu hören war. Die schlimmsten Befürchtungen hatten ihre Bestätigung gefunden. Es handelte sich wirklich um eine Patrouille, die eine Granate vor den Bug der *Mary Thomas* feuerte, um sie zum Beidrehen zu zwingen.

»Hart Ruder!«, befahl der Kapitän mit einer Stimme, aus der alles Leben gewichen war. Dann an die Mannschaft gerichtet: »Klüver und Fock back! Hol nieder Außenklüver! Gei auf Marssegel! Alles hierher nach achtern, ran an die Großschot!«

Die *Mary Thomas* drehte genau in den Wind, verlor an Fahrt und begann sich vor jeder lang von Westen heranrollenden See artig zu verneigen.

Der Kreuzer dampfte noch näher heran und brachte ein Boot zu Wasser. Die Robbenfänger beobachteten alles in lastendem Schweigen. Sie konnten das weiße Boot erkennen, als es langsam zu Wasser gelassen wurde, und auch die Mannschaft, die sich gleich darauf hinuntergleiten ließ. Sogar das Quietschen der Blöcke und die Kommandos der Offiziere schallten herüber. Dann kam der Kutter, angetrieben von kräftigen Riemenschlägen, herangeschossen. Der Wind hatte inzwischen stark aufgefrischt, und die See war so rau geworden, dass das leichte Fahrzeug nicht gefahrlos an den rollenden Schoner gehen konnte. Doch sie passten, auf Abstand haltend, eine günstige Gelegenheit ab, die ihnen von Bord aus zugeworfene Jakobsleiter wahrzunehmen, und ein Offizier und zwei Leute kamen über die Reling geklettert. Danach setzte sich das Boot auf größeren Sicherheitsabstand ab und blieb dort auf Warteposition liegen; ein junger Seekadett saß im Heck und bediente die Rudertaljen.

Der Offizier, dessen Uniform seinen Rang als einen russischen Leutnant zur See auswies, ging mit dem Kapitän der *Mary Thomas* nach unten, um sich die Schiffspapiere zeigen zu lassen. Wenige Minuten später erschien er wieder an Deck, befahl seinen Leuten, die Verkleidungen von den Luken zu entfernen, und stieg mit einer Laterne in den Laderaum hinunter, um die Fellstapel zu inspizieren. Die Mengen, die er dort vorfand, konnten sich sehen lassen – eintausendfünfhundert frische Häute, der Fang einer ganzen Saison; und unter den gegebenen Umständen bot sich ihm natürlich nur eine mögliche Schlussfolgerung an.
»Es tut mir aufrichtig leid«, sagte er in gebrochenem Englisch zum Kapitän des Robbenschoners, als er wieder an Deck aufgetaucht war, »aber es ist meine Pflicht, Ihr Schiff im Namen des Zaren zu beschlagnahmen, weil es auf verbotener Fangtour in gesperrtem Seegebiet aufgebracht wurde. Als Strafe steht darauf, wie Sie wohl wissen, Konfiszierung und Inhaftierung.«
Der Kapitän der *Mary Thomas* zuckte darauf wie gleichgültig mit den Schultern und wandte sich ab. In Wahrheit sind es jedoch oft gerade die starken Männer (die sonst keine Gemütsregungen zeigen), die unter dem Eindruck sich unverdient anbahnenden Unheils den Tränen sehr nahe kommen. So hatte auch ihn just in diesem Augenblick die Erin-

nerung an sein kleines Haus in Kalifornien, an seine Frau und seine beiden Söhne übermannt. Die Kehle war ihm wie zugeschnürt, er hätte nicht sprechen, sondern nur schluchzen und stammeln können. Trotzdem blieb er sich seiner Verantwortung für seine Leute bewusst. Er durfte vor ihnen keine Schwäche zeigen und musste für sie ein Fels in der Brandung bleiben, der ihnen Kraft im Unglück gab. Er hatte dem Leutnant alles auseinandergesetzt, und dabei war ihm klar geworden, wie hoffnungslos ihre Lage war. Wie schon der »Salzwasser-Advokat« gesagt hatte: Der Augenschein sprach gegen sie. So zog er sich nach achtern zurück und stapfte auf der Poop des Schiffes, das nicht mehr länger unter seinem Kommando stand, auf und ab.
Nun übernahm der russische Offizier vorübergehend das Kommando. Er befahl noch einige seiner Leute an Bord und ließ alle Segel aufgeien und sorgfältig beschlagen. Als das getan war, pullte das Boot zu dem Kreuzer zurück und brachte eine schwere Trosse herüber, die an der großen Schleppbeting auf dem Vorderkastell des Schoners belegt wurde. Während diese Arbeiten vonstatten gingen, standen die Robbenjäger verdrossen in Gruppen beieinander. Es wäre Wahnsinn gewesen, an offenen Widerstand zu denken, wo doch die Kanonen des Kriegsschiffes, kaum einen Steinwurf weit entfernt, herüberdrohten; doch sie lehnten es wenigstens ab, mit Hand

anzulegen, und verharrten in finsterem Schweigen. Als er seine Aufgabe für erledigt hielt, befahl der Leutnant seine übrigen Leute, bis auf vier Mann, zurück in das Boot. Dann erschien der Seekadett an Bord des Schoners, ein Bursche von sechzehn Jahren, den Uniform und Säbel seltsam reif und würdevoll erscheinen ließen; ihm wurde das Kommando über den aufgebrachten Robbenfänger übertragen. Gerade als sich der Leutnant anschickte, das Schiff zu verlassen, fiel sein Blick zufällig auf Bub. Ohne ein Wort der Warnung ergriff er ihn beim Arm und stieß ihn über die Reling in das wartende Boot; dann folgte er ihm, mit einem leichten Winken der Hand zum Abschied.

Es war nur zu natürlich, dass dieses unerwartete Ereignis Bub große Furcht einflößte. Die vielen haarsträubenden Geschichten, die er über die Russen zu hören bekommen hatte, bewirkten, dass er Angst vor ihnen empfand; und jetzt stürmte die Erinnerung daran mit doppelter Stärke auf ihn ein. Es war schon schlimm genug, von ihnen aufgebracht worden zu sein; aber von ihnen auch noch verschleppt zu werden, fort von seinen Kameraden, das war ein Verhängnis, schrecklicher als in einem Alptraum.

»Verlier nicht den Mut, Bub«, rief ihm der Kapitän zu, als das Boot von der *Mary Thomas* ablegte, »und bleib bei der Wahrheit!«

»Aye, aye, Sir!«, rief er zurück, und es klang unter den gegebenen Umständen erstaunlich beherzt. Er verspürte plötzlich so etwas wie eine Überlegenheit seiner eigenen Art und wollte um keinen Preis vor diesen fremdländischen Feinden, diesen russischen Bären, wie ein Feigling wirken.
»Und benimm dich!«, fügte der deutsche Bootsführer hinzu, und seine raue Stimme dröhnte wie ein Nebelhorn über das Wasser.
Bub winkte zum Abschied, und seine Kameraden standen dichtgedrängt an der Reling und riefen ihm ein dreifaches Hipphipp-Hurrah hinterher. Er fand einen Platz auf der achteren Ducht und konnte von dort aus in Ruhe den Leutnant betrachten. Eigentlich wirkte er gar nicht so wild und auch nicht wie ein Bär – vielmehr so wie andere Männer auch, stellte Bub fest, und auch die Matrosen schienen sich kaum von den Besatzungen anderer Kriegsschiffe zu unterscheiden. Doch als er seinen Fuß auf das stählerne Deck des Kreuzers setzte, hatte er trotz allem das Gefühl, als betrete er den Eingang zu seinem Gefängnis.
Für ein paar Minuten blieb Bub sich selbst überlassen. Die Matrosen hievten das Boot hoch und schwenkten es in seine Davits. Dann stießen die Schornsteine große schwarze Rauchwolken aus, und der Kreuzer nahm Fahrt auf – nach Sibirien, wie Bub vermutete. Er bemerkte, wie die *Mary*

*Thomas* jäh in ihr Kielwasser gedreht wurde, als sie in die steif kommende Schlepptrosse einruckte, und er sah zu, wie ihre Seitenlichter, rot und grün, sich hoben und senkten, als sie begann, im Schlepp hinter ihnen herzulaufen.

Bub bekam bei diesem traurigen Anblick trübe Augen, aber – aber gerade in diesem Augenblick erschien der Leutnant, um ihn zum Kommandanten zu holen. Da reckte er sich kerzengerade in die Höhe und setzte seine unbefangenste Miene auf, so als handelte es sich um die gewöhnlichste Sache der Welt und als wäre er daran gewöhnt, alle Tage nach Sibirien geschickt zu werden. Im Vergleich zu der bescheidenen Ausstattung der *Mary Thomas* glich die Kajüte des Kommandanten einem Palast, und der Kommandant selbst wirkte mit seinen goldenen Tressen und seinem würdevollen Benehmen wie eine bedeutende Persönlichkeit, auf jeden Fall ganz anders als jener schlichte Mann, der auf dem Schoner während der Fangreise zu befehlen hatte.

Bub wurde schnell klar, warum er an Bord gebracht worden war, und er war bemüht, in der folgenden Befragung nichts als die reine Wahrheit zu berichten. Die Wahrheit war harmlos, nur eine Lüge würde seine Lage verschlechtern können. Er wusste nicht mehr, als dass sie, weit im Süden, Robben im freien Fanggebiet gejagt hatten, und dass sie, als sie in Flaute und Nebel gerieten, sich nahe der Fanggrenze befunden hatten und hinübergedriftet waren. Immer wieder beteuerte er, dass sie während der ganzen Woche, als sie in dem verbotenen Fanggebiet herumtrieben, kein einziges Mal ein Boot zu Wasser gebracht oder auch nur einen einzigen Schuss auf eine Robbe abgefeuert hätten. Der Kommandant hielt alles, was er sagte, für abgefeimte Lügen und begann in scharfem Ton mit dem Jungen zu reden, um ihn einzuschüchtern. Doch es gelang ihm weder mit Drohungen noch mit gutem Zureden, Bubs Darstellungen auch nur im Geringsten zu erschüttern, und schließlich befahl er, ihn aus seiner Gegenwart zu entfernen.

Irgendwie war versäumt worden, jemandem die Aufsicht über Bub zu übertragen, und so wanderte Bub unbehelligt an Deck umher. Manchmal warfen ihm die Matrosen im Vorbeigehen zwar neugierige Blicke zu, aber davon abgesehen blieb er völlig sich selbst überlassen. Er hätte sowieso nicht viel Aufmerksamkeit erregen können, denn er war schmächtig, die Nacht dunkel und die Wache an Deck mit ihren eigenen Aufgaben beschäftigt. Über die fremden Decks stolpernd, gelangte er schließlich nach achtern, wo er die Seitenlaternen der *Mary Thomas* sehen konnte, die ihnen beständig auf ihrem Kurs folgte.

Er beobachtete sie eine ganze Weile, dann legte er sich in der Dunkelheit dicht neben der Stelle nie-

der, wo die Schlepptrosse über das Heck zu dem aufgebrachten Schoner hinlief. Einmal kam ein Offizier vorbei und kontrollierte, ob die straffe Trosse nicht schamfilte; Bub kauerte sich schnell in den Schatten und blieb unentdeckt. Das brachte ihn auf eine Idee, die das Leben und die Freiheit von zweiundzwanzig Mann betraf.
Erstens, so überlegte er, war die Besatzung frei von jeder Schuld und wurde doch gnadenlos nach Sibirien, in die Gefangenschaft, abtransportiert – in einen lebendigen Tod, wie er gehört hatte und wovon er auch fest überzeugt war. Zweitens war er selbst ein Gefangener, der nicht die geringste Chance hatte, zu entkommen. Und drittens bestand für die zweiundzwanzig Mann der *Mary Thomas* eine Möglichkeit zu entkommen. Die einzige Sache, die das verhinderte, war die elf Zentimeter dicke Schlepptrosse. Doch würden sie selbst diese nicht auf ihrer Seite kappen können, weil das russische Prisenkommando mit Sicherheit eine Wache postiert hatte, um das zu verhindern; aber an diesem Ende, ah! – an diesem Ende ...
An diesem Punkt angelangt, schob Bub alle weiteren Überlegungen beiseite. Er schlängelte sich dicht an die Schlepptrosse heran, klappte sein Bootsmesser auf und begann zu arbeiten. Die Klinge erwies sich als nicht sehr scharf, er musste mühsam ein Kardeel nach dem anderen durchsägen,

und mit jedem neu durchgeschnitten Kardeel wurden in seiner Fantasie die Schrecknisse einer Einzelverbannung nach Sibirien größer und größer. Ein solches Schicksal war sicherlich auch gemeinsam mit Kameraden schwer zu ertragen, dachte er; wie furchtbar musste es aber erst sein, wenn man ihm ganz auf sich allein gestellt ausgeliefert war. Auch würde das, was er jetzt tat, seine Bestrafung mit Sicherheit empfindlich verstärken.
Mitten in diesen düsteren Überlegungen hörte er plötzlich näher kommende Schritte. Blitzschnell glitt er in den Schatten zurück. Ein Offizier kam heran und blieb genau an der Stelle stehen, wo Bub noch soeben gearbeitet hatte; anscheinend war er in der Absicht gekommen, die Schlepptrosse zu kontrollieren. Schon halb hinuntergebückt, schien er jedoch seine Absicht zu ändern und richtete sich wieder auf. Für ein paar Minuten verharrte er noch, blickte starr zu den Lichtern des aufgebrachten Schoners hinüber und ging dann wieder fort.
Jetzt aber schnell! dachte Bub, kroch zurück und machte sich wieder an die Arbeit. Schon waren zwei Trossenkardeele durchschnitten – dann drei – dann war nur noch das letzte übrig. Doch der Zug, der auf dem verbliebenen lastete, war zu stark, es konnte ihm nicht standhalten, gab nach, ratsch!, und der freie Tampen verschwand über Bord. Bub blieb unbeweglich liegen, das Herz

schlug ihm bis zum Hals, er horchte – doch niemand außer ihm schien es auf dem Kreuzer gehört zu haben.
Er sah zu, wie das Licht der roten und der grünen Laterne der *Mary Thomas* immer schwächer wurde. Dann drang ganz schwach ein Zuruf des russischen Prisenkommandos über das Wasser, doch niemand hörte ihn. Die Schornsteine des Kreuzers stießen weiter ihren Rauch in die Luft, und die Propeller drehten kräftig wie immer.
Was war auf der *Mary Thomas* geschehen? Bub konnte nur Vermutungen darüber anstellen; doch eins stand für ihn fest: Seine Kameraden würden sich durchsetzen und den Seekadetten und die vier Matrosen überwältigen. Wenige Augenblicke später sah er drüben etwas kurz aufblitzen, und als er die Ohren spitzte, vernahm er auch den Knall eines Pistolenschusses. Und dann, oh Freude!, verschwanden plötzlich beide Lichter, das rote und das grüne, aus seinem Blickfeld. Sie hatten die *Mary Thomas* zurückerobert!
Als wieder ein Offizier nach achtern kam, hatte sich Bub gerade davongemacht und sich in einem der Boote versteckt. Nicht einen Augenblick zu früh. Schon wurde Alarm gegeben. Laut erschallten Kommandos. Der Kreuzer änderte seinen Kurs. Ein elektrischer Scheinwerfer begann seine weißen Strahlenbündel suchend über das Wasser gleiten zu

lassen, hierhin, dorthin, rundherum, doch war in seinem blendenden Lichtkegel nirgendwo ein hilflos in der See rollender Schoner zu entdecken.
Kurz darauf war Bub fest eingeschlafen, und er erwachte auch erst bei Morgengrauen. Er spürte das monotone Vibrieren der Maschinen, und dem laut platschenden Geräusch von Wasser konnte er vernehmen, dass die Decks des Kreuzers gründlich geschrubbt wurden. Ein flüchtiger Blick, und er sah, dass sie weit und breit das einzige Schiff in der Runde waren. Die *Mary Thomas* war also wirklich entkommen. Als er seinen Kopf hervorstreckte, brachen die Matrosen in lautes Gelächter aus. Sogar der Offizier, der sofort anordnete, ihn nach unten zu bringen und einzuschließen, konnte ein gewisses Lächeln in den Augenwinkeln nicht ganz verbergen. Bub musste in den folgenden Tagen, die er in Arrest verbrachte, oft denken, dass sie eigentlich gar nicht so schrecklich verärgert über das waren, was er getan hatte.
Und damit hatte er gar nicht so unrecht. Es gibt wirklich in den Herzen aller Männer etwas wie eine angeborene Vornehmheit der Gesinnung, die sie dazu bringt, eine mutige Tat zu bewundern und anzuerkennen, sogar wenn es sich um die Tat eines Feindes handelt. Auch die Russen unterschieden sich in dieser Hinsicht nicht von anderen Männern. Nun gut, ein junger Bursche hatte sie überlistet,

doch sie konnten es ihm nicht verargen; aber es bereitete ihnen jetzt großes Kopfzerbrechen, was sie mit ihm tun sollten.
Es würde sich kaum auszahlen, einen solchen Winzling wie ihn als Ersatz für alles zu präsentieren, was ihnen mit dem verlorenen Robbenfänger entgangen war.
So signalisierte zwei Wochen später ein russischer Kreuzer zu einem amerikanischen Kriegsschiff hinüber, das gerade aus dem russischen Hafen Wladiwostock auslief. Danach lief ein Boot zwischen den beiden Schiffen hin und zurück, und ein schmächtiger Junge schwang sich über die Reling an Deck des Amerikaners. Eine Woche später wurde er in Hakodate an Land gesetzt, und nach einigem Hin- und Hertelegraphieren war der Fahrpreis für eine Eisenbahnfahrt nach Yokohama für ihn bezahlt.
Dort angekommen, eilte er durch die wunderlichen japanischen Straßen direkt zum Hafen, mietete einen Sampan und ließ sich von dem Chinesen zu jenem Schiff bringen, dessen vertraute Takelage ihm sofort aufgefallen war. Alles an Bord war segelklar, die Heimreise nach Amerika sollte beginnen. Als er näher herangekommen war, sah er eine Gruppe Matrosen auf das Vordeck springen, und gleich darauf gingen die Spaken des Ankerspills auf und nieder, bis der Anker aus dem schlammigen Grund gebrochen war.

»Yankee ship come down the river!« Mit voller, lauter Stimme führte der »Salzwasser-Advokat« den Anker-auf-Gesang an.

»Pull, my bullyboys, pull!«, sang schallend der vertraute Chor zurück, und die Körper der Männer hoben und beugten sich im Rhythmus.

Bub Russell bezahlte den Chinesen und stieg an Deck. Vergessen war da der Anker, donnerndes Hurra schallte ihm entgegen, und ehe er sich versah, befand er sich auf den Schultern des Kapitäns, umgeben von den Kameraden.

Am nächsten Tag drehte ein Schoner vor einem japanischen Fischerdorf bei, brachte einen kleinen Seekadetten und vier Matrosen an Land und setzte dann seine Reise fort. Diese Männer sprachen kein Englisch, doch sie besaßen Geld und machten sich auf den Weg nach Yokohama. Seither haben die Leute in dem japanischen Fischerdorf nie wieder etwas von ihnen gehört, aber sie sprechen immer noch von diesem Ereignis wie von einem dunklen Geheimnis. Weil aber die russische Regierung nie etwas über diesen Vorfall verlauten ließ, ist auch von den Vereinigten Staaten nie etwas über die näheren Umstände der verlorengegangenen Prise verlautbart worden; auch soll man dort offiziell nie erfahren haben, auf welche Weise es einigen Amerikanern gelungen war, fünf Untertanen des Zaren zu »shanghaien«. Sogar die Nationen bewahren also manchmal ihre Geheimnisse.

# Der Kapitän der *Susan Drew*

## 1

Ein goldener, rosenfarbener Sonnenuntergang zitterte über den Horizont. Ein dunstiger Regenschleier, der aus trüben Wolken herabhing, verwischte im Osten die Linie, wo See und Himmel sich trafen. Dazwischen, der Regenfront ein wenig näher, reichte ein grellfarbener Regenbogen fast bis zum Zenit. So hoch wölbte er sich, dass seine Enden sich nach innen, zum Ozean hin, zu biegen schienen im vergeblichen Versuch, den vollkommenen Kreis zu schließen. In diesen Triumphbogen hinein und auf die blaue Dämmerung zu fuhr ein offnes Boot.

Noch nie war ein Boot mit seltsamerer Fracht auf den Wellen des Pazifiks dahin geglitten. Auf dem Achtersitz der Luvseite steuerte ein einfältig wirkender norwegischer Seemann in der Uniform eines Quartermeisters mit der einen Hand, während er in der anderen die Trosse des Großsegels führte. Aus einem um seine Hüfte geschnallten Pistolenhalfter lugte der Griff eines Dienstrevolvers.

Seine Mütze, die er der Kühlung halber abgenommen hatte, befand sich auf seinen Knien; sein kurzes, flachsblondes Haar lag wirr zerzaust über einer Beule, die noch frisches Blut zeigte.
Neben dem Seemann saßen zwei Frauen. Die ihm näher befindliche war dicklich und matronenhaft, mit großen dunklen Augen, die intensiv und offen blickten. Ihre Schultern schützte ein leichter Männerüberrock vor Sonnenbrand. Der Hitze wegen stand dieser offen und ließ das Dekolleté und den schweren Stoff eines kleinen Abendkleides erkennen. Juwelen glitzerten in ihrem Haar, am Hals und an den Fingern. Neben ihr saß eine junge Frau von 22 oder 23 Jahren, gleichermaßen dekolletiert und durch einen Fetzen Ölzeug vor der Sonne geschützt. Ihre Augen, ebenso die gerade, schöne Nase und die Schwingung ihres nicht allzu leidenschaftlichen Mundes bezeugten große Ähnlichkeit mit der anderen Frau. Auf dem gegenüberliegenden Achtersitz und auf der Ruderbank rekelten sich drei Männer in schwarzen Hosen und Smokingjacken. Ihre Köpfe schützten kleine Vierecke aus Ölzeug, ähnlich dem, wie es über den Schultern der jungen Frau lag. Den einen, ein Bursche von 18 Jahren, schien heftiges Verlangen zu plagen; der zweite, der Anfang Dreißig sein mochte, unterhielt sich mit der Tochter; der dritte, nur wenig älter, beschäftigte sich mit der Mutter.

Mittschiffs, auf dem Boden neben dem Schwertkasten, saßen zwei dunkeläugige Frauen, so offensichtlich Dienstmädchen wie ihre Nationalität spanisch oder italienisch sein mochte. Auf der anderen Seite des Schwertkastens saß mit sehr geradem Rücken und aufrechter Haltung, unverkennbar als Typ, ein englischer Diener, den Blick stets auf den Herrn in mittleren Jahren gerichtet, um ihm jeden Wunsch und jede Anordnung von den Augen abzulesen. Vor dem Schwertkasten und direkt hinter der Mastspur hockten zwei Chinesen mit harten Gesichtszügen, beide mit Kopfverletzungen und blutigen Schweißtüchern als Verband und beide in Kattungewänder gekleidet, die fleckig von Öl und dreckig von Kohlenstaub waren.

Wenn man bedenkt, dass hunderte von beschwerlichen Seemeilen zwischen dem offenen Boot und dem nächsten Stück Land lagen, wird man die Merkwürdigkeit des Aufzugs der Insassen richtig einschätzen.

»Nun, Bruder Willie, was wäre dir jetzt lieber als Schwimmen?«, neckte die junge Frau.

»Eine Zigarette, aber Harrison ist ja ein Geizkragen«, erwiderte der Bursche verbittert.

»Ich hab' nur noch vier«, sagte Harrison. »Du hast den ganzen Inhalt des Etuis aufgeraucht. Ich hab' nur zwei gehabt.«

Temple Harrison war ein Spaßvogel. Er zwinkerte heimlich Patty Gifford zu, zog ein gewölbtes Silberetui aus der Seitentasche und zählte sorgsam die vier Zigaretten. Willie Gifford schaute ihm mit so wilder Gier zu, dass seine Schwester ausrief:

»Brr! Hör auf! Mich fröstelt, wenn ich dich sehe. Du siehst wie ein Kannibale aus.«

»Na schön, so kommt *dir* das vor«, erwiderte der Bruder.

»Du weißt nicht, was Tabak ist, sonst würdest du selber wie ein Kannibale aussehen. Wirst du sowieso«, schloss er anzüglich, »in ein paar Tagen. Ich hab' schon gemerkt, dass du dich kein bisschen geniert hast, einen größeren Schluck als die übrigen zu nehmen, als Harrison das Wasser ausgeteilt hat. Ich hab' nicht geschlafen.«

Patty errötete schuldbewusst.

»Es war nur ein Schlückchen«, wandte sie ein.

Harrison nahm eine Zigarette aus dem Etui, reichte sie Willie und klappte den Deckel zu.

»Erpresser!«, zischte er.

Aber Willie Gifford beachtete ihn nicht. Schon hatte er mit zitternden Fingern ein Streichholz angezündet und sog den ersten Zug tief in die Lungen ein. Über seinem Gesicht lag unverhüllte Verzückung.

»Wird alles schon gut werden«, sagte Mrs. Gifford zu Sedley Brown, der ihr gegenübersaß.

»Gewiss; nach dem Wunder der letzen Nacht ist es die reinste Lappalie, von einem vorbeifahrenden Schiff gerettet zu werden«, stimmte er zu. »Es *war* ein Wunder. Mittlerweile begreife ich gar nicht mehr, wie unsere Gruppe unversehrt mit dem Boot entkommen konnte. Und wenn der Quartermeister nicht gewesen wäre, wären weder Peyton gerettet worden noch Ihre Dienstmädchen.«

»Und wir auch nicht, wenn der liebe, mutige Kapitän Ashley nicht gewesen wäre«, fuhr Mrs. Gifford fort. »Wir haben es ihm zu verdanken und dem 1. Offizier.«

»Sie waren Helden«, lobte Sedley Brown herzlich. »Aber trotzdem – nachdem nur so wenige gerettet werden konnten, verstehe ich nicht, dass ...«

»Ich verstehe nicht, dass Sie es nicht verstehen, da Sie und Mutter die maßgeblichen Aktionäre der Linie sind«, warf Willie Gifford ein. »Warum sollten sie sich da nicht besonders anstrengen? Es war ihre Pflicht.«

Temple Harrison lächelte in sich hinein. Mrs. Gifford und Sedley Brown besaßen die Aktienmehrheit der Asien-Linie – jener prosperierenden Dampfschifffahrtsgesellschaft, die der alte Silas Gifford zu dem Zweck gegründet hatte, seine Eisenbahnkompagnie mit Fracht aus China und Japan zu versorgen.

Mrs. Gifford hatte dessen Sohn Seth geheiratet und damit das Aktienkapital.

»Ich bin sicher, Willie, dass wir nicht in unfairer Weise bevorzugt worden sind«, meinte Mrs. Gifford tadelnd. »Natürlich gibt es bei Schiffskatastrophen Konfusion und Unordnung, und energische Maßnahmen sind nötig, einer Panik Herr zu werden. Wir hatten eben viel Glück, das ist alles.«

»Ich hab' nicht geschlafen«, erwiderte Willie. »Und ich meine, du musst die Direktion dazu veranlassen, dass Kapitän Ashley zum Kommodore befördert wird, das heißt, wenn er nicht tot ist, und ich vermute, dass er tot ist.«

»Wie ich schon sagte«, wandte sich Mrs. Gifford an Sedley Brown, »das Schlimmste haben wir hinter uns. Wir werden kaum noch Mühsal zu erleiden brauchen, bis wir gerettet sind. Das Wetter ist herrlich, und die Nächte sind nicht im mindesten kalt. Verlass dich drauf, Willie, Kapitän Ashley soll nicht vergessen werden, ebenso wenig der 1. Offizier und der Zahlmeister, und auch Gronewold«, hier wandte sie sich mit einem Lächeln dem Quartermeister zu, »auch Gronewold soll nicht ohne Belohnung bleiben.«

»Einen Pfennig für Ihre Gedanken«, forderte Patty wenige Minuten später Harrison heraus.

Er fuhr zusammen, entschuldigte mit einem Lachen seine Geistesabwesenheit und lehnte das Angebot höflich ab. Denn er hatte die Schrecken jener Nacht, die keine 24 Stunden zurücklag, noch einmal an sich vorbeiziehen lassen. Beim Abendessen war es geschehen. Das Krachen der Kollision geschah in dem Moment, als der Kaffee serviert wurde. Ja, es hatten Konfusion und Unordnung geherrscht, wenn man so die Raserei von tausend Seelen angesichts des drohenden Todes bezeichnen konnte. Noch einmal vergegenwärtigte er sich, wie sich die in Seide gewandeten chinesischen Stewards in das Gewühl am Fuße des Treppenaufgangs mengten, wo es bereits Schläge hagelte und Frauen und Kinder niedergetrampelt wurden. Er dachte daran zurück, wie sich seine Gruppe, geführt von Kapitän Ashley, von Deck zu Deck ihren verschlungenen Weg nach oben bahnte, wie die weißen Offiziere, Ingenieure und Quartermeister ihre Revolver umschnallten, während sie zu ihren Plätzen eilten. Auch würde er nie den Ausbruch von den hunderten chinesischer Heizer und Trimmer aus dem Bauch des großen Schiffes vergessen, auch nie das halbe Tausend entsetzter Zwischendeckpassagiere – Chinesen, Japaner, Koreaner, allesamt Kulis und Landratten, die wie von Sinnen waren und nur von dem einen Wunsch besessen, zu überleben.

Es würden wohl nicht alle Todesfälle aufs Ertrinken zurückzuführen sein, dachte er finster, als er sich des Knallens der Revolver und des scharfen Bellens der automatischen Pistolen entsann, der dumpf krachenden Schläge von Knütteln und Fußlatten auf Köpfe und des Stöhnens von Männern, die unter lautlosen Dolchstößen zu Boden gingen.

Mrs. Gifford mochte glauben, was sie wollte, aber er persönlich war seinem Glücksstern zutiefst dankbar, der ihn zum Mitglied der einzigen Gruppe von Passagieren gemacht hatte, die man auserwählt hatte. Auserwählt! Er sah immer noch den protestierenden englischen Herzog vor sich, der mit Sack und Pack vom Bootsdeck hinuntergeworfen wurde unter die rasenden Zwischendeckpassagiere, die sich die Leitern emporkämpften. Und da war das Boot Nr. 4, von ungeübten Händen zu Wasser gelassen, das seine Passagiere ins Meer kippte und senkrecht am Davit hing. Die weißen Matrosen, die zu ihm gehörten und es hätten zu Wasser lassen sollen, waren von Kapitän Ashley mit Beschlag belegt worden. Dann der amerikanische Generalkonsul von Siam – das war, kurz bevor das elektrische Licht ausging – mit Frau, Kindermädchen und Kindern, der Kapitän Ashley seinen offiziellen Rang ins Gesicht schrie und zum Boot Nr. 4 gewiesen wurde, das senkrecht nach unten hing.

Ja, Kapitän Ashley verdiente gewiss den Titel eines Kommodore der Asien-Linie – falls er noch lebte. Aber dass er davongekommen war, konnte Temple Harrison nicht glauben. Er erinnerte sich an den Ausbruch der Schlacht – Anzeichen dafür, dass das

Bootsdeck erobert worden war – gerade in dem Moment, da ihr Boot nach unten schwebte. Von dessen Mannschaft saß nur Gronewold darin, mit verletztem Kopf. Die übrigen rutschten nicht, wie beabsichtigt, über den Taljenläufer des Davits hinunter. Zweifellos waren sie unter dem Ansturm der Asiaten zu Boden gegangen; und ebenso Kapitän Ashley, obwohl er noch die Taljen gekappt und ihnen zugeschrien hatte, sie sollten sich vom Schiff abstoßen, wenn ihnen ihr Leben lieb sei.

Und das hatten sie mit aller Kraft getan. Harrison erinnerte sich daran, wie er das Blatt eines Riemens gegen die stählerne Bordwand der *Mingalia* gestemmt und danach wie verrückt gerudert hatte, während hinterm Schiff Menschenleiber ins Meer stürzten. Und er dachte daran, wie Gronewold, als sie klargekommen waren, plötzlich aufstand und mit der schweren Ruderpinne heftig auf die Köpfe im Wasser einschlug, bis Patty ihn davon abbrachte. Stumm nahmen die den Hagel von Hieben hin und klammerten sich beharrlich an die Bordwand: die beiden chinesischen Heizer, die jetzt vorn beim Mast hockten. Nein, Willie Gifford hatte nicht geschlafen. Auch er hatte ein Riemenblatt gegen die Bordwand der *Mingalia* gestemmt und sich Blasen an den weichen Händen gerudert. Aber Mrs. Gifford hatte Recht. Es gab einige Dinge, die man besser vergaß.

## 2

Bei Tagesanbruch fuhr das Boot auf glatter See dahin. Die halbe Nacht über hatte völlige Windstille geherrscht. Das große Sprietsegel hatte ohne Ansehen der Person Kulis, Bedienstete und Herrschaft zugedeckt. Es wurde jetzt zusammengerollt, und Harrison begann, halbgefüllte Becher mit Wasser auszuteilen. Willie rauchte eine weitere von den kostbaren Zigaretten und schaute geflissentlich weg, als seiner Schwester ein Schlückchen mehr eingeschenkt wurde.

Ein gellendes »Santo Christo!« aus dem Munde von Mercedes Martinez, Pattys Mädchen, schreckte sie auf. Harrison verschüttete fast das Wasser, das er gerade Sedley Brown reichte. Die beiden Chinesen begannen erregt zu plappern. Peyton drehte blitzschnell den Kopf, um zu sehen, was jetzt alle sahen: einen großen, yachtartigen Schoner mit ungeheurer Segelfläche, der eine halbe Meile weit entfernt in der ruhigen See lag. Die Chinesen tauchten als erste die Riemen ins Wasser. Peyton zögerte, bis Sedley Brown ihm befahl, ein Gleiches zu tun.

»Jetzt, Willie rudern! Wir sind gerettet!«, rief Patty.

»Das hält mich nicht davon ab, erst mal mein Wasser zu trinken«, erwiderte gelassen der junge Mann,

machte sich über den Wasserbehälter her und trank Becher um Becher.
Als das Boot sich dem Schoner näherte, sahen sie, dass sie vom Mitteldeck aus von einigen Männern beobachtet wurden. Auf dem Achterdeck rauchte ein großer, breitschultriger Mann eine Pfeife und musterte sie gleichgültig.
Sedley Brown kannte nicht die Umgangsformen bei der Errettung Schiffbrüchiger. Aber er hatte das Gefühl, dass dies nicht die rechte Art sei. Er war verwirrt und beschloss, einen Anfang zu machen.
»Guten Morgen«, sagte er höflich.
»Guten Morgen«, knurrte der große Mann mit mächtiger, heiserer Stimme, die aus einer ausgedörrten Kehle zu dringen schien und Mercedes und Mathilda dazu veranlasste, aufzuspringen und sich zu bekreuzigen. »Was 'n Zufall!«
»Der schönste auf der Welt«, erwiderte Sedley Brown strahlend. »Wir sind gerettet.«
»Zum Teufel!«, lautete der überraschende Kommentar. »Ich dachte, Sie wären raus zum Fischen.«
Das war zuviel für Sedley Brown, er gab die Verhandlung auf.
»Wir sind die einzigen Überlebenden von der *Mingalia*, die vorgestern Abend nach einer Kollision gesunken ist!«, rief Willie.
»Dann muss ich Sie wohl an Bord kommen lassen«,

sagte die Kaffeemühlenstimme. »Harkins! – Wirf ihnen 'ne Leine rüber!«
»Sie scheinen ja nicht gerade begeistert über uns zu sein«, meinte Mrs. Gifford leichthin, als sie über die Reling stieg und den Fuß auf Deck setzte.
»Nee, Madame, ums Verrecken nicht«, war die Antwort des seltsamen Skippers.

## 3

Mrs. Gifford kam über den Niedergang aus der erstickend heißen Kajüte herauf, sah sich vergebens nach einem Liegestuhl um und brach an der niedrigen Wand des Kajütenhauses fast zusammen. Ihre schönen schwarzen Augen funkelten.
»Es ist grässlich!«, schrie sie. »Es ist unerträglich. Er ist ein unverschämter, roher Mensch. Alles – auch das offene Boot –, alles ist besser als dieser furchtbare Kerl. Nicht etwa, dass er's nicht besser wüsste. Er tut es mit Absicht. Das ist seine Methode, uns zu zeigen, dass wir hier unerwünscht sind.«
»Was hat er jetzt wieder gemacht?« fragte Patty Gifford. Sie stand mit Harrison im Schatten des Großsegels.
Es gab kein Sonnenzelt, und das glühheiße Deck schwitzte Pech aus. Von unten drangen die milde

protestierenden Worte Sedley Browns und die schrillen Schreie und Ave Marias von den Dienstmädchen herauf.
»Was er jetzt schon wieder gemacht hat?«, rief Mrs. Gifford. »Was hat er denn noch nicht gemacht? Er hat darauf bestanden, Mr. Brown und mich in dieselbe Kajüte zu legen. Es sind furchtbare Löcher; keine Ventilation, keinerlei Komfort ...«
Sie hielt abrupt inne, als Kapitän Decker auf der Kajütentreppe erschien und sich ihr näherte. Patty schauderte zusammen und rückte näher an Harrison heran, denn die braunen Augen des Skippers glühten.
»Sie müssen verzeihen, Madame«, polterte er los. »Woher sollte ich's wissen? Ich dachte, Sie und der Herr unten wären verheiratet. Aber schon gut.« Sein Gesicht strahlte vor geheuchelter Güte. »Ich sag' Ihnen, es geht in Ordnung. Ich kann Sie beide jederzeit gesetzlich trauen, dazu ist ein Kapitän auf hoher See befugt.«
»Geh'n Sie weg, geh'n Sie weg!«, ächzte Mrs. Gifford.
Kapitän Decker heftete seine durchdringenden Blicke verlangend auf Patty und Harrison.
»Ich hab' schon Zähne gezogen«, begann der Skipper wieder mit seiner heiseren Stimme, »und ich hab' Tote bestattet und einmal jemandem ein Bein abgesägt; aber noch nie ein Paar getraut, verdammt noch mal! Na, wie wär's mit euch beiden?«

Patty und Harrison fuhren sofort auseinander.
»Dann wär' unten doch alles viel gemütlicher«, drängte der Skipper, als Sedley Brown an Deck kam.
Sofort wandte sich der Kapitän an ihn:
»He – Sie, wollen Sie nicht heiraten? Ich kann's machen.«
Sedley Brown blickte unwillkürlich Mrs. Gifford an und rang vor Erstaunen nach Luft.
»Nein, gerechter Gott, nein; natürlich nicht, gewiss nicht!«, lehnte er hastig und verlegen ab.
Kapitän Deckers Enttäuschung äußerte sich durch einige heisere Geräusche, die er von sich gab.
»Na schön, Kamerad. Vielleicht haben Sie den Koch noch nicht gesehen. Ich will nicht behaupten, dass er sauber ist; bestimmt aber ist er 'n gelbes Schlitzauge. Sie schlafen in seiner Koje.«
Er wandte sich Harrison zu.
»Sie haben immer noch eine Chance. Sagen Sie ein Wort, und ich traue Sie mit dem Mädchen bis in alle Ewigkeit.«
»Und wenn ich's nicht tue?«, fragte Harrison.
»Na, dann schlafen Sie in der Koje vom ...«
In diesem Moment ging der Schiffsjunge, ein grienender, schnurrbärtiger Malaie mit einem Turban, übers Achterdeck.
»In der Koje vom Schiffsjungen – das ist er«, beendete der Skipper seinen Satz.

»Gut, dann schlafe ich in der Koje vom Schiffsjungen«, entschied Harrison.
»Tun Sie, was Ihnen beliebt.« Kapitän Decker schritt zur Kajüttreppe und schrie hinunter: »Wo ist der Maat? ... Pennt wohl, was? ... Schmeiß ihn raus aus den Federn. Sag ihm, dass ich ihn brauche ... Los, du schwarzer Teufel, du, los! Tempo!« Er drehte sich zu den Überlebenden der *Mingalia* um. »So, mit der Unterkunft für die Nacht arrangieren wir's folgendermaßen: Unten sind sechs Kajüten, zwei an Steuerbord, zwei an Backbord und zwei hinten unter Deck. Ihr zwei Frauen schlaft in Nummer 1 Backbord, die zwei Ithakermädchen in Nummer 2 Backbord, der Koch und Seine Hoheit hinten ...«
»Ich schlafe nicht in der Koje«, verkündete Sedley Brown. »Ich schlafe auf Deck.«
»Sie schlafen da, wo ich's Ihnen sage«, brüllte Kapitän Decker. »Wer hat Sie an Bord der *Susan Drew* gebeten? Ich bestimmt nicht. Sie schlafen bei dem Chinesen, oder Sie werden Ihr blaues Wunder erleben, so wahr ich Bill Decker heiße. Ihr Diener hier schläft auf Deck.« Jetzt richtete er das Wort an Harrison: »Sie schlafen beim Schiffsjungen in der hinteren Kabine Steuerbord. Wo bleibt der Maat?«
Ein äußerst hässliches Individuum kam die Kajüttreppe herauf. Er war so groß und so kräftig gebaut wie der Skipper. Seine Haut war dunkel, er hatte hohe Backenknochen, und man erkannte den mon-

golischen Typ trotz der aufgeplatzten Lippen, der zerfetzten Ohren, des blauen Auges und der monströs geschwollenen Nase. Er schien völlig durcheinander und hatte ganz offensichtlich Angst vor dem Kapitän.

»Meine Damen und Herren, das ist der Maat der *Susan Drew*. Er war einmal eine Schönheit. Ein Bild von einen Mann, bevor er mir in die Quere geraten ist – erst gestern. Schauen Sie ihn an. Flat Nose Russ ist sein Name. Und glauben Sie mir, die Nase *war* flach, bevor ich draufgehauen habe. Flat Nose, du musst jemand mit in deine Koje nehmen. – Wo ist dieser junge Schnösel?«

Kapitän Decker drehte sich um und funkelte Willie Gifford an, der vom Aufgang zum Achterdeck einhergeschlendert kam, eine aus Packpapier gedrehte Zigarette lässig im Mundwinkel.

»He, du da!«

Willie blieb stehen.

»Nimm die Zigarette aus dem Maul, wenn ich mit dir rede!«, brüllte der Skipper.

Willie zögerte, der Skipper drang auf ihn zu, und Mrs. Gifford schrie auf. Willie nahm prompt die Zigarette aus dem Mund, und Kapitän Decker wandte sich an Mrs. Gifford.

»Madame, gibt es irgendeinen Grund, warum Sie und Seine Hoheit nicht heiraten sollten?«

Mrs. Gifford würdigte ihn keiner Antwort.

»Gibt es irgendeinen Grund?«
Sie blickte flehend zu Patty, die an ihre Seite eilte. Der Kapitän wandte sich wieder an Willie.
»So ist's recht, junger Mann. Lerne nur, Befehlen zu gehorchen. Du siehst diesen schönen Mann auf der Kajüttreppe. Das ist Flat Nose. Und das mach' ich mit den Leuten, die ich nicht leiden kann. Schmeiß die Zigarette über Bord – gut so – und qualm keine mehr. Nimm dir 'ne Pfeife, wenn du rauchen willst wie ein Mann. So, du und Flat Nose, ihr schlaft zusammen. Flat Nose, du bist für ihn verantwortlich. Wenn er Zicken macht, walk ihn durch.«
Kapitän Decker schritt das Achterdeck entlang und wieder zurück, beobachtete die Wolken, die von Nordwesten her über den Himmel zogen, ging einen Moment mit sich zu Rate und bemerkte, an die ganze Gesellschaft gerichtet:
»Es ist unheimlich heiß hier an Deck. Aber wenn zufällig jemand getraut werden will, könnte ich wohl so 'n Sonnensegel aufspannen lassen.«

## 4

Unten berieten sie ängstlich. Eine Woche war verstrichen, in der sie alle tyrannisiert und mannigfach beleidigt worden waren. Willie hatte zweimal

Prügel mit dem Tauende bekommen, weil er Zigaretten geraucht hatte, und danach musste er das Achterdeck mit dem Scheuerstein putzen und Metallteile entrosten. Mrs. Gifford und Patty saßen am Tisch, ihre Schultern und Arme endlich bedeckt von improvisierten Hemdblusen aus Baumwolldrillich. Die *Susan Drew* machte flotte Fahrt. Man konnte durch die dünnen Bordwände das Rauschen und Gurgeln des Wassers hören, und durch ihr weit ausholendes Rollen und Schlingern wurde offenbar, dass sie unter vollen Segeln vor dem Wind lief, einer steifen Brise.

»Er fährt nach Hawaii«, berichtete Sedley Brown Mrs. Gifford. »Ich hab's ihm auf den Kopf zugesagt – und es muss so sein, nach dem Kurs zu schließen, den er steuert.«

»Und von Honolulu nach San Francisco sind es mit unseren Dampfern bloß sechs Tage!«, rief Patty froh.

»Aber er weigert sich, uns an Land zu lassen«, fuhr Sedley Brown fort. »Er gibt keinen Grund dafür an. Er sagt immer wieder, dass wir kein Zipfelchen von den Inseln sehen werden. Ich werde nicht klug aus diesem Schiff. Irgendwas ist faul daran. Aber was?«

»Pardon«, ließ sich der Diener vernehmen, »ich weiß es. Dieses Schiff ist ein Schmuggelschiff.«

»Unsinn, Peyton«, erwiderte Mrs. Gifford scharf. »Das bilden Sie sich nur ein. Das Zeitalter des

Schmuggels ist vorbei, das gibt es nur noch bei Passagieren nach Europa, die in New York landen.«
»Was könnte er denn schmuggeln?« fragte Patty.
»Opium, Miss – pardon«, antwortete der Diener.
»Donnerwetter, ja!«, Harrison klatschte sich laut auf den Schenkeln. »Das neue Zollgesetz ist seit über einem Jahr in Kraft. Opium steht hoch im Kurs. Ich erinnere mich, dass ich das vor sechs Monaten in den Zeitungen gelesen habe.«
»Aber was sollen wir tun, wenn er ein Schmuggler ist und uns nicht an Land lässt?«, fragte Mrs. Gifford. Alle sahen hoffnungslos drein. Niemand machte Vorschläge.
»Nun gut«, sagte sie entschlossen. »Ich werde selbst mit diesem brutalen Kerl sprechen. Ich werde ihm Geld geben, damit er uns an Land lässt. Ich werde ...«
Ein Paar Füße und Beine erschienen auf der Kajüttreppe, und Kapitän Decker stieg herab.
»Hören Sie, Herr Kapitän«, sprang Sedley Brown ritterlich in die Bresche. »Wir haben die Lage erörtert –«
»Welche Lage?«, fragte der Skipper.
»Wir wissen alles über dieses Schiff«, sagte Mrs. Gifford streng. »Wir wissen, dass Sie Opium nach Hawaii schmuggeln und dass Sie sich deshalb weigern, uns an Land zu lassen. Aber ich werde Ihnen Geld geben, damit Sie's tun. Ich zahle Ihnen 5000 Dollar.«

»Ich tät's auch nicht, wenn Sie mir 50 000 Dollar bieten«, kam die mürrische Ablehnung.
»Ich biete Ihnen 50 000. Ich zahle Ihnen 50 000 Dollar, wenn Sie unsere Gruppe irgendwo auf den Hawaii-Inseln an Land setzen.«
Kapitän Decker prüfte sie mit einem kurzen Blick und schien überzeugt davon, dass sie es ernst meinte. Aber die Wirkung, die das auf ihn ausübte, war entgegengesetzt ihren Erwartungen.
Sein glattrasiertes, hartes und wildes Gesicht wurde eigenartig starr.
»Sie können mich nicht ködern mit Ihrem Geld«, sagte er höhnisch. »Bill Decker ist kein armer Mann. Fünfzigtausend sind für mich nicht mehr als 'n Stück Papier zum Abwischen des Rasiermessers. Ja, die *Susan Drew* ist ein Schmuggelschiff, und es ist mir ganz egal, dass Sie das wissen. Aber ich werde dafür sorgen, dass keiner von Ihnen in Hawaii an Land geht, um es an die große Glocke zu hängen. Fünfzigtausend! Phhh! Ich und meine Partner machen mit dieser einen Tour genug Geld, dass wir uns zur Ruhe setzen können. Ich hab' fünfzig Tonnen Opium im Laderaum. Es ist fünfzehn Dollar pro Pfund wert. Rechnen Sie sich's aus. Meinen Sie, ich riskiere eineinhalb Millionen, bloß um Ihnen 'nen Gefallen zu tun? Ich würde ja selber 50 000 Dollar darum geben, wenn ich Sie los wäre, wenn's irgendwie ginge. Aber es

geht nicht. Glauben Sie mir, Madame, ich bin nicht auf Sie versessen.«

## 5

Die Tage kamen und gingen. Vergeblich suchten Harrison und Sedley Brown den Horizont nach Land ab. Sie wussten, dass die hohen Gipfel der Hawaii-Inseln oft auf hundert Meilen Entfernung sichtbar waren, aber Kapitän Decker hielt sich an sein Wort – sie sahen tatsächlich kein Zipfelchen davon. Sein Treffpunkt war mittels Längen- und Breitengrad irgendwo in der Wasserwüste weitab von den üblichen Schifffahrtsrouten vereinbart. Eines Tages reffte er nach der morgendlichen Standortbestimmung die Segel und drehte bei. Obwohl eine frische Brise wehte, machte die *Susan Drew* nur wenig Fahrt. Am nächsten Morgen setzte er wieder volle Segel, fuhr zu der ursprünglichen Position zurück und drehte abermals bei.

»Natürlich – der Fuchs –, er ist zu schlau, um sich in Landnähe zu wagen«, bemerkte Harrison. »Das hier ist der Treffpunkt, wo er das Opium umladen wird Er hat flotte Fahrt gemacht und ist vor der vereinbarten Zeit angekommen, das ist alles.«

Kapitän Decker wurde immer unausstehlicher. Er hatte wenig Manieren und noch weniger Höflichkeit. Er riss jedes Gespräch an sich, an dem er beteiligt war, und schaltete sich rüde in jede Unterhaltung ein, die andere gerade führten. Es war abscheulich, wie er sich bei Tisch aufführte. Seine Hände, aufgeschürft und narbig, verkrümmt und schwielig, voll Dreck, der tief ins Gewebe eingedrungen war, waren alles andere als appetitlich. Überdies bestand er darauf, vorzulegen, und tat dies mit eben den Fingern, an denen noch der Teer klebte, mit dem er in Berührung gekommen war. Geschmorte Pflaumen gehörten zu seinen Lieblingsgerichten und zierten den Tisch dreimal am Tage. Wenn er sich über sein volles Obstschüsselchen hermachte, erstarb jegliches Gespräch. Alle am Tisch schauten fasziniert zu, wie die Pflaumen in seinem Mund verschwanden. Aber es kamen keine Kerne zum Vorschein. Bei den letzten Pflaumen begannen sich seine Backen zu wölben, und er rollte mit den Augen. Dann beugte er sich schließlich feierlich über das leere Obstschüsselchen und spuckte sämtliche Kerne auf einmal aus.
Mrs. Gifford bereitete er besonderes Unbehagen. Er pflegte sie lange Zeit auf seltsame, grüblerische Weise anzustarren. Sie hatten es auch schon erlebt, dass er mitten im Satz abbrach, um sie so, mit hängendem Unterkiefer und rätselhaftem Blick, zu mustern.

»Nee, Sie sind nicht mein Typ«, bemerkte er einmal, als er aus der Versunkenheit wiederauftauchte. »Ich hab' mir nie was aus molligen Brünetten gemacht. Außerdem war's nicht legal. Ein Kapitän kann auf See jeden trauen, nur nicht sich selber. In der Beziehung ist er wie 'n Schwarzkittel.«

»Wieso ein *Schwarzkittel?*«, fragte Patty und versuchte mutig, das Gespräch in andere Bahnen zu lenken.

»Ein Schwarzkittel? – Oh, ein Pfaffe, ein Pfarrer eben!«, war die Antwort. »Wenn ein Pfarrer sich trauen lassen will, muss er's von einem anderen Pfarrer besorgen lassen. Bei einem Kapitän ist es genauso. Jedenfalls, ich fliege auf Blondinen.«

Während ihre Tochter und Temple Harrison ständig bemüht waren, sich einander die Zeit zu vertreiben, wurde Mrs. Gifford durch Kapitän Deckers Belästigungen mehr und mehr dazu angetrieben, Sedley Brown zu erhören.

»Nein, keine Bange«, sagte sie zu Patty, die sie damit geneckt hatte. »Ich habe nicht im Geringsten die Absicht, Sedley zu heiraten. Er ist deinem lieben Vater zu ähnlich. Nein, nein, das meine ich nicht abschätzig – dein Vater war ein Schatz, aber zu gutherzig, zu freundlich und milde. Ich habe auch nie verstanden, wie ein so liebenswürdiger, sensibler Mann so erfolgreich ein derart enormes Finanzimperium leiten konnte. Natürlich hat der alte Silas das Fundament geschaffen, aber dein Vater hat mit Geschick alles verwirklicht, was Silas geplant hatte und nicht mehr zu Ende bringen konnte. Und mehr noch. Die Kaledonien- und Nordküsten-Linie war ganz allein seine Idee; jahrelang hat man es ›Giffords Schnapsidee‹ genannt, aber schau dir an, was sie heute darstellt.«

»Ich habe durchaus nichts gegen Sedley Brown«, beeilte sich Patty zu beteuern.

»Aber ich – gegen Sedley Brown als Ehegatten«, fuhr Mrs. Gifford fort. »Ich weiß schon, was du dagegen sagen könntest – ähnliche finanzielle Interessen, die Asien-Linie, die Vereinigte Carmel und alles andere, aber ... ich könnte mich eben nicht dazu überwinden, ihn zu heiraten, das ist es. Er ist ein lieber, guter Freund. Als solchen schätze ich ihn sehr. Aber als Ehegatten – Patty, Liebling, wenn ich je wieder heirate, dann einen großen, starken Mann.«

»Aber Vater *war* groß und stark«, meinte Patty verteidigend. »Er hat auf dem College Football gespielt. Sedley Brown sagt das, und er sagt, er habe fast zwei Zentner gewogen. Ich kann mich kaum an ihn erinnern. Ich war damals nicht älter als vier oder fünf Jahre.«

»Aber du hast Fotografien von ihm gesehen. Erinnerst du dich nicht mehr an diesen lächerlichen Bart? Und das bei einem so jungen Mann! Verstehst du nicht, Patty? Dieser Bart sagt alles. Er hat sein Gesicht vor den Blicken der anderen verstecken wollen. Er war so sanftmütig. Er konnte sich nie dazu überwinden, die Dinge energisch anzugehen. Er verstand es immer, friedliche Wege zu finden, die ihm das ersparten. Falls ich noch einmal heirate, dann einen Mann mit Mumm in den Knochen, der gelegentlich aufbrausen oder wenigstens ab und zu aus dem Häuschen geraten kann. Ich könnte es einem solchen Mann sogar verzeihen, wenn er mal einen über den Durst trinkt. Dein Vater, Liebling, war zu vollkommen für eine normale Sterbliche wie mich. Aber das steht alles gar nicht zur Debatte. Ich werde nicht mehr heiraten. Es gibt keinen Beweis dafür, dass dein Vater tot ist ...«

»Aber gesetzlich doch?«, warf Patty ein.

»Oh, natürlich, er ist gesetzlich für tot erklärt worden, aus geschäftlichen Gründen! Nur hätte ich gern einen eindeutigen Beweis.«

»Aber man hat doch eine Woche nach seinem Verschwinden in der Nähe des Yerba-Buena-Parks seinen Hut gefunden!«, wandte Patty ein.

»Meiner Meinung nach – und alle meinen das – gibt es nicht den mindesten Zweifel daran, dass er in der San-Francisco-Bai ertrunken ist ...«

Durch die offene Dachluke drangen von unten Entsetzensschreie von Mercedes und Mathilda, die servilen Worte Peytons und die brüllend-schroffen

Töne aus Kapitän Deckers whiskyzerfressener Kehle.
»Pardon, Herr Kapitän, aber ich verstehe nicht ganz«, entschuldigte sich Peyton.
»Dann sag' ich's noch mal«, schnarrte der Skipper. »Da sind die beiden Weiber. Richten Sie die Glotzer drauf. Welche wollen Sie haben? – Die Spanierin oder die Italienerin?«
Weitere Schreie und »Ave Marias« von seiten der beiden Dienstmädchen und wiederholte Beteuerungen des Dieners, nicht ganz verstanden zu haben.
»Bei allen Teerjacken und Tartarus!«, fluchte Kapitän Decker. »Ist das nicht klar wie der helle Morgen? Sind Sie kein Mann? Und sind das keine Frauen? Warum soll ich Sie nicht mit der einen oder der anderen trauen?«
»Aber das können Sie nicht, Herr Kapitän –«
»Das kann ich nicht? Sie wissen wohl nicht, wozu ein Kapitän auf hoher See befugt ist?! Haben Sie, 'ne Ahnung, was ich kann – alles! Ich kann Sie zur Strafe in die Saling schicken, ich kann Sie kielholen lassen, ich – und ich tu's auch, wenn Sie sich nicht bald für eine der beiden Weiber entscheiden, verdammt noch mal!«
»Pardon, Herr Kapitän, aber ich möchte kein Bigamist werden«, jammerte Peyton. »Ich habe eine Frau, Herr Kapitän, daheim in England –«

Weitere Erklärungen wurden unterbrochen durch ein Zornesschnauben des Skippers.

»Ich hab' mich immer gewundert, was für ein miesepetriger Kerl Sie sind – Sie mit Ihrer Speichelleckerei und Katzbuckelei. Ist der Kerl also schon verheiratet!«

»Pardon, Herr Kapitän«, stammelte Peyton. »Mr. Brown, Herr Kapitän, mein Dienstherr, kann bezeugen, dass ich verheiratet bin. Fragen Sie ihn, Herr Kapitän. Er weiß, dass ich regelmäßig Geld nach Hause schicke, Herr Kapitän. Er kann Ihnen sagen –«

»Grrr!« Kapitän Deckers unartikulierter Ekel beendete die Auseinandersetzung. »Halten Sie's Maul! Was plärren Sie hier so herum?«

Mrs. Gifford und Patty hörten den schweren Tritt des Skippers auf der Kajüttreppe und warteten zitternd sein Erscheinen auf Deck ab. Doch statt zu explodieren, blickte er nur lange übers Meer hin, und das gipfelte in einem jammervollen: »Ach Gott, ach Gott!«

## 6

»Er wäre 48 Jahre alt, wenn er noch am Leben wäre«, teilte Mrs. Gifford Temple Harrison mit.

Die meisten der Gruppe saßen auf der Leeseite des Achterdecks im Schatten des Großsegels.

»Wer?«, fragte Kapitän Decker, rüde wie üblich. Er stand im prallen, zehrenden Sonnenschein, den Sextanten in der Hand, und nahm eine Längenbeobachtung vor.
»Mein Gatte«, antwortete Mrs. Gifford.
Der Skipper schickte sich unverzüglich an, das Gespräch an sich zu reißen.
»Was meinen Sie, wie alt ich bin?«
Niemand bekundete Interesse.
»Ich bin 18 Jahre alt, Madame«, fuhr der Skipper fort. Er schlug sich mit Nachdruck gegen die Brust. »Ich – der Mann, den Sie hier vor sich sehen, existiert tatsächlich erst sei 18 Jahren.«
»Sie müssen als ausgewachsener Mann auf die Welt gekommen sein«, bemerkte Sedley Brown.
»Ja, und mit Backenbart und Schnurrbart, mein Herr. Ich hatte nie einen Vater und nie eine Mutter. Ich wurde als Mann im Logis eines Schiffes geboren.«
»Und wie sind Sie dann zu Ihrem Namen gekommen?«, erkundigte sich Harrison.
»Den hab' ich aus den Schiffspapieren. Da stand's schwarz auf weiß geschrieben: Bill Decker – ich. Als erstes nach meiner Geburt ...«
»Haben Sie's der Mannschaft ordentlich gegeben«, warf Harrison ein.
»Im Gegenteil! Die Mannschaft hat's mir gegeben! Ich war der willigste Kämpfer, den Sie sich denken

können; aber ich wusste nicht, wie man's anfängt. Sie haben mich allein und zu zweit und zu dritt verprügelt; aber sie konnten einen guten Mann nicht niederhalten. Ich wollte mich nicht weiter verprügeln lassen. Wenn einer auch nur geblinzelt hat, hab' ich ihn mir gegriffen. Oh, wie haben sie mich verprügelt! Aber ich hatte bald den Dreh raus. Noch bevor die Reise vorbei war, hatte ich das Sagen im Logis. Ich hab' jeden Matrosen verprügelt, beide Bootsmänner und den Priwenterzimmermann. Ich hab' den zweiten Maat mittschiffs verprügelt in der Nacht, bevor wir Liverpool erreichten. Und nachdem wir an Land waren und abgeheuert hatten, hab' ich mir den ersten Maat in 'nem Gässchen im Hafenviertel geschnappt. Er war nie wieder derselbe. Ein Wrack, Madame! Seine Tage auf See waren vorbei, und er war reif fürs Altersheim.«

Kapitän Decker entdeckte, dass es Mrs. Gifford schauderte.

»Und ich bin stolz drauf, Madame!«, donnerte er. »Ja, stolz! «

»Aber was war der Witz dabei, Kapitän Decker?«, fragte Patty.

»Das war kein Witz. Das sind Tatsachen. Ich habe meine Augen zum ersten Mal auf dieser Welt vor 18 Jahren im Logis der *Ermyntrude* aufgeschlagen. Und so alt bin ich auch – 18 Jahre. Und ich hab' mich hoch gekämpft. Mit einem Jahr war ich Bootsmann.

Mit nicht mal zwei war ich zweiter Maat. Mit zwei war ich Maat und 'n ordentlicher Leuteschinder ...« Er brach abrupt ab. Sein Seemannsauge, das automatisch über den Horizont schweifte, hatte etwas erspäht.
»Schiff ho!«, rief er. »Wo ist denn der Ausguck? – Zwei Strich abfallen, he! – Ich werd' mich um ihn kümmern. – Flat Nose, komm her! Nimms Fernrohr mit rauf in die Dwarssaling und schau nach, was du sehen kannst.«

## 7

An diesem Tag wurde es den Überlebenden der *Mingalia* nicht gestattet, an Deck zu gehen. Sie blieben lange, drückend heiße Stunden in der Kajüte und hörten Boote längsseits kommen, fremde Stimmen an Deck und mannigfaltige Geräusche, die verrieten, dass man die Fracht zu löschen begann. Das Opium wurde umgeladen. Willie, der vom Decksäubern freigestellt und auch nach unten geschickt worden war, berichtete von nicht weniger als vier kleinen Schonern und Schaluppen, die er auf die *Susan Drew* hatte zuhalten sehen.
Am Abend wurde kein Essen aufgetragen, und die Gefangenen rangen nach Luft und gingen hungrig

in die enge Kajüte. Um elf Uhr war das Verladen des Opiums abgeschlossen, und sie hörten, wie Kapitän Decker Befehle brüllte und Segel setzen ließ. Dann kam er nach unten, goß sich ein halbes Wasserglas Scotch ein und trank es unverdünnt.
»Alles in Ordnung«, sagte er. »Sie können jetzt an Deck gehen, wenn Sie wollen. Der Smutje macht Kaffee, und der Schiffsjunge bringt gleich einen kalten Imbiss Dosenkonserven.«
»Wohin bringen Sie uns jetzt?«, fragte Mrs. Gifford. Kapitän Decker blickte nachdenklich mal sie, mal die Flasche Scotch an, dann goss er sich stillschweigend wieder ein. Nie war seine Stimme rostiger als jetzt.
»Keine Ahnung, Madame. Ich fahr' nach Westen über den Pazifik, und ich werde Sie irgendwo absetzen. Sie sind zu viele, wissen Sie, man kann Sie auf kein Geheimnis einschwören. Sie müssen bei mir bleiben, bis das ganze Opium verteilt und in Sicherheit ist. Ich bin nicht erpicht auf Ihre Gesellschaft. Ich fliege auf Blondinen, wie ich Ihnen schon sagte. Aber Geschäft ist Geschäft. Diese Ladung muss erst mal in Sicherheit sein. Tja, wenn Sie 'ne Blondine wären ...«
Er schwieg und starrte Mrs. Gifford lange und unverwandt an, zu ihrem großen Verdruss. Sein Gesichtsausdruck war tranceähnlich, und er schien fernen Gedanken nachzuhängen. Ein seltsames

Licht schimmerte in seinen Augen auf, während ein Grinsen, dessen Bedeutung ihnen unerklärlich war, um seinen Mund spielte. Immer noch scheinbar in Trance, streckte er die schmutzige Hand aus und berührte spielerisch Mrs. Giffords Schulter.

»Ich hab' dich«, sagte er, »Kätzchen. Du bist's.«

Er fasste sich wieder mit verblüffender Plötzlichkeit und fuhr vor ihr zurück.

»Was soll's, verdammt noch mal! Sie sind keine Blondine, oder?« Mit einem Schritt war er bei einem Liegestuhl, in den er sich fallen ließ. Er schlug die Hände vors Gesicht und jammerte: »Ach Gott, ach Gott!«

»Pfui!«, sagte Mrs. Gifford angeekelt und nicht ohne Angst.

»Der Kerl ist besoffen«, sagte Temple Harrison.

## 8

In den folgenden Tagen, während die *Susan Drew* vor dem Nordostpassat lief, änderte sich Kapitän Deckers Verhalten nicht. Er verzehrte Pflaumen auf dieselbe großartige Weise, unterbrach Gespräche, tyrannisierte Flat Nose, verprügelte Willie mit dem Tauende und trank seine halben Wassergläser Scotch. Mit jedem Schluck wurde seine Stimme rostiger. Weiterhin stierte er Mrs. Gifford an und beteuerte seine Abneigung gegenüber Brünetten. Und oft schlug er die Hände vors Gesicht und jammerte: »Ach Gott, ach Gott!«

Sie befanden sich jetzt auf 18 Grad nördlicher Breite und 166 Grad östlicher Länge, und Kapitän Decker sprach davon, mit ihnen nach Südwesten zu fahren und sie bei irgendeinem abgelegenen Handelsposten von Neu-Britannien oder Neu-Irland abzusetzen, als sich ein seltsames und unbegreifliches Ereignis zutrug, das ihnen allen zu denken gab. Es geschah während des Essens. Das Gespräch hatte sich um okkulte Dinge gedreht, und Phänomene wie Telepathie und Hellsehen begegneten allgemeiner Ungläubigkeit.

»Das Wesen des Bewusstseins ist Erfahrung«, sagte Temple Harrison gerade.

»Es gibt keinen Beweis von der Existenz des Unterbewusstseins, und die Wissenschaft ...«

Er hielt inne, denn er hatte die Aufmerksamkeit seiner Zuhörer verloren. Kapitän Decker hatte wieder einmal begonnen, Pflaumen zu essen, und wie stets schauten alle fasziniert zu. Er hatte eine ungewöhnlich große Portion vor sich, und er leerte stur das Obstschüsselchen. Seine Backen wölbten sich mehr und mehr, während seine Kiefer mahlten und der Löffel hin und her ging. Auch schien es in seinem Kopf zu arbeiten, und er suchte nach Worten.

Dabei rollte er die Augen, so stark war sein Verlangen. Endlich geschah es. Er beugte sich über das Obstschüsselchen und spuckte einen mächtigen Schwall von Pflaumenkernen aus. Dann funkelte er Temple Harrison wild an.

»Geschwätz, nichts als Geschwätz – Sie wissen es nicht besser!«, waren die ersten Worte des Skippers. »Sie haben keine Ahnung. Aber ich. Ich kenne Dinge, die außerhalb meiner Erfahrung liegen – Dinge, von denen ich nichts wissen kann. Trotzdem weiß ich davon.«

»Ein Wunder ist bei näherem Zusehen gar kein Wunder«, erwiderte Temple Harrison herablassend. »Die weißen Mäuse des Trinkers sind nur für den Trinker wirklich. Wir aber wissen, dass es die nicht gibt.«

»Geschwätz, nichts als Geschwätz!«, fuhr Kapitän Decker aufbrausend fort. »Ich weiß von Dingen, die ich nicht kennen kann.«

»Ein Beispiel bitte«, sagte Sedley Brown.

»Gut.« Der Skipper wandte den Blick zu Mrs. Gifford. »Madame, ich weiß Dinge von Ihnen, die zu wissen ich kein Recht habe – die ich nicht wissen kann. Gestatten Sie, dass ich es sage?«

Mrs. Gifford hielt den Kopf sehr hoch, als sie erwiderte: »Ich bin mir völlig sicher, dass Sie nichts über mich wissen, dessentwegen ich mich zu schämen brauche.«

»Gut denn, Madame.« Kapitän Deckers Blick brannte auf ihr, bis es schien, er müsse geradewegs durch sie hindurch sehen. »Unter Ihrem linken Schulterblatt, in der Mitte zwischen Schulterblatt und Hüfte, ist ein Muttermal – ha!«

Sein Ausdruck war triumphierend und wurde bewirkt durch Pattys Entsetzensschrei und durch die verräterische Röte, die Mrs. Gifford in die Wangen schoss.

»Nun, dieses Muttermal liegt außerhalb meines Wissens«, fuhr er fort. »Ich kann's nie gesehen haben, wie Sie's auch drehen und wenden. Aber ich weiß es.«

»Trotzdem ist die Existenz dieses Muttermals nicht bewiesen«, bemerkte Sedley Brown trocken.

»Madame, haben Sie dieses Muttermal?«, fragte der Skipper. Mrs. Gifford verschmähte es zu antworten.

»Na schön, dann sag' ich Ihnen noch was. Sie haben ein Hühnerauge auf der Innenseite des linken kleinen Zehs. An ihren Armen – und ich hab' sie mir genau angeschaut, als Sie an Bord kamen – sieht man keine Impfnarbe. Trotzdem sind Sie geimpft. Oh, ich kann Ihnen noch mehr sagen! Zum Beispiel ...«

»Nein! Nein – nicht!«, schrie Mrs. Gifford, während ihre Wangen vor Schamröte entflammten.

Sedley Brown betrachtete sie teils argwöhnisch, teils eifersüchtig.

»Ich bin also Hellseher«, prahlte Kapitän Decker.
»Aber Sie haben kein Recht ...«, begann Patty indigniert und mit gebrochener Stimme. »Außerdem wissen Sie's nicht. Sie können es gar nicht wissen.«
»Und was Sie betrifft, junge Dame, so gibt's Dinge, die ich weiß, worüber Sie noch ärger erröten würden als Ihre Mutter. Oh, ich kenne Sie von Grund auf. Soll ich den anderen von einer bestimmten Narbe erzählen, die ...«
»Nein! Nein! Nein!«, flehte Patty.
»Huh!« Kapitän Decker zuckte die Achseln und ließ seinen Blick von der einen gedemütigten Frau zur anderen wandern. »Ich bin, glaub' ich, ein unheimlich guter Psychologe. Ich weiß 'n Haufen Dinge außerhalb meiner Erfahrung.«
»Warum verraten Sie mir nicht etwas über mich?«, fragte Temple Harrison herausfordernd, und um von Patty und ihrer Mutter abzulenken.
»Ich weiß nichts über Sie«, war die Antwort. »Vielleicht interessiert's mich nicht.«
Später erklärte Harrison Patty in einem abgeschiedenen Winkel an Deck, dass das Ganze unmöglich sei.
»Aber Mutter hat dieses Mal«, erwiderte sie.
»Ich bin fest davon überzeugt, dass es Telepathie gibt«, lautete Mrs. Giffords Urteil. »Aber – oh, dieser grässliche Mensch! Ich werde es nicht wagen, in seiner Gegenwart irgend etwas zu denken. Er kann in meinen Gedanken lesen wie in einem offenen Buch.«

»Ich weiß nicht, was ich davon halten soll«, sagte Sedley Brown. »All das ist gewiss sehr merkwürdig, und es wäre mir lieb, es geklärt zu wissen.«

Sein Wunsch sollte rasch erfüllt werden. Am selben Nachmittag erwischte Kapitän Decker Willie beim Zigarettenrauchen in der Segelkammer und verprügelte ihn prompt mit dem Tauende. Dann schickte er ihn auf einem Bootsmannsstuhl nach oben, damit er die Takelung des Großmastes teerte. Zu diesem Zeitpunkt war der Skipper übelster Laune. Er versetzte die beiden Dienstmädchen in Angst und Schrecken, sodass sie fast hysterisch wurden, drangsalierte Peyton, bis er in einem halben Dämmerzustand war und sich weinerlich für seine Existenz entschuldigte, verwünschte den Schiffsjungen, ging nach vorn in die Kombüse und verwamste den Koch inmitten seiner Töpfe und Pfannen, kehrte zum Achterdeck zurück und steigerte sich in eine so gotteslästerliche Wut über Flat Nose Russ hinein. Eingeschüchtert wie er war, murmelte und nuschelte er Entschuldigungen und duckte sich jedesmal, wenn der Skipper, der übers Deck strich wie ein wildes Tier, an ihm vorbeikam.

Die Überlebenden der *Mingalia* waren genötigt, sich diese Tirade anzuhören. Man konnte dem auch nicht entkommen, wenn man nach unten ging, denn das Organ des Skippers drang überall durch. Außerdem hatten sie das bei früheren Wutausbrüchen schon versucht, aber damit nur erreicht, bei Kapitän Decker noch größeren Zorn zu erregen. Sedley Brown stellte sich schützend neben Mrs. Gifford, die in einem Liegestuhl aus Segeltuch saß. Patty und Temple Harrison waren dicht aneinandergerückt. Er hielt ihre Hand. Und nach wie vor wütete und brüllte Kapitän Decker, als sei er von Sinnen. Harrison war derjenige, der in allen Einzelheiten verfolgte, was sich jetzt abspielte. Bei einem zufälligen Blick nach oben zu Willie, der auf seinem Bootsmannsstuhl in luftiger Höhe schwebte, war Harrison verblüfft über den wilden Hass, der sich auf dem Gesicht dieses freundlichen jungen Mannes abzeichnete.

Am Bootsmannstuhl hing ein Teertopf. Harrison beobachtete, wie Willie die Beine um die Wanten schlang und, als er beide Hände frei hatte, den Teertopf losband. Er hielt ihn in der Hand und wartete ab. Kapitän Decker ging unter ihm hin und her. Harrison sah, wie der junge Mann den Teertopf in der Schwebe hielt, den Schritt des Kapitäns abschätzte und losließ.

Senkrecht fiel der Topf nach unten und traf Kapitän Deckers Schädel. Der fiel sofort zu Boden, während der Teer sich über das Deck ergoss. Mrs. Gifford, das Bild eines gewaltsamen Todes vor Augen, schrie auf und fiel in Ohnmacht. Patty schrie ebenfalls und wurde von Harrison gestützt. Niemand

rührte sich oder sprach. Aller Augen waren auf Kapitän Decker gerichtet.
Der lag noch immer auf dem Deck und betrachtete benommen seine Hände. Auf seinem Gesicht malte sich Ekel, als verabscheute er seine Hände. Er versuchte, sie abzuschütteln. Als ihm das nicht gelang, betrachtete er sie wie im Traum. Er rieb sie aneinander, und in seine Augen trat plötzliches Erstaunen, als würde ihm jetzt erst bewusst, dass sie zu ihm gehörten. Er stierte seine Kleider an und dann in die Runde derer, die auf ihn blickten.
»Was soll ich mit dem Jungen machen, Kapitän?«, fragte Flat Nose Russ, der sich diensteifrig näherte.
Kapitän Decker blickte seinen Maat an und schauderte zurück.
Mit großer Anstrengung bemühte er sich zu sprechen, schien aber seiner Stimme nicht Herr zu werden.
»Was für ein Junge?«, brachte er schließlich in Tönen gedämpfter Heiserkeit heraus, die sich von allem unterschieden, was man bis jetzt aus seinem Munde vernommen hatte. Er schaute den Maat lange und verwundert an. »Wer sind Sie? Bitte gehen Sie. Wollen Sie so freundlich sein, die Polizei zu rufen. Mir ist etwas Furchtbares geschehen.«
Von oben lugte Willie Gifford in panischer Angst nach unten. Der Maat war perplex und starrte vor sich hin. Alle starrten – sogar der Mann am Ruderrad, dessen

ausdruckslose Miene allerdings durch die lebhafte Neugier in seinen Augen Lügen gestraft wurde.
»Es ist etwas Furchtbares geschehen«, wiederholte Kapitän Decker mit heiser klagender Stimme.
Er machte Anstalten, sich hochzurappeln, und zuckte vor dem Maat zurück, der ihm dabei half. Er taumelte zur Reling, hielt sich an den Wanten fest und blickte verwirrt auf die vom Passat bewegte See.
In diesem Augenblick erhob sich Mrs. Gifford, gestützt von Sedley Brown, der ihr den Arm um die Taille legte, aus ihrem Liegestuhl. Der Skipper schaute ihn an und stutzte.
»Aber natürlich«, sagte er, »du bist's, Sedley. Doch was ist passiert? Du siehst so alt aus. Warst du krank?« Sein Blick wanderte weiter zu Mrs. Gifford.
»Amelia!«, rief er.
Der Arm um ihre Taille schien ihn aufzuregen. »Sedley, bist du dir im Klaren darüber, was du tust? Das ist meine Frau. Sei so freundlich und nimm deinen Arm fort. Amelia, ich... ich muss mich doch sehr wundern.«
Er machte einen Schritt auf sie zu, aber sie wich zurück.
»Oh, dieser grässliche Mensch!«, schluchzte sie und barg ihr Gesicht an Sedley Browns Schulter.
»Amelia! – Was hast du?«, fragte der Skipper besorgt. »Sedley, nimm den Arm weg. Ich muss doch bitten.«

Patty erriet als erste die Lage.
»Vater!«, rief sie. »Oh, Vater! Und wir dachten alle, du seist tot.«
»Tot? Unsinn! Ich kenne Sie nicht. Gehen Sie weg. Ich bin nicht Ihr Vater, junge Frau. Ich möchte wissen –«
Jetzt wurde der Skipper wieder seiner Hände gewahr und betrachtete sie voll Ekel.
»Mutter – begreifst du denn nicht?«, Patty war an Mrs. Giffords Seite geeilt. »Das ist Vater! Sieh ihn an! Sprich mit ihm!«
Mrs. Gifford wagte schaudernd einen verstohlenen Blick. Kapitän Decker fuhr sich mit den Fingerspitzen übers Gesicht.
»Seth – bist du's?«, murmelte sie schwach.
»Was für eine Albernheit!«, erwiderte der Skipper. »Natürlich bin ich's. Aber mein Gesicht, mein Bart ... Was ist geschehen? Ich bin doch immer glattrasiert ... Amelia, sag's mir. Wer ist diese junge Frau? Sedley, ich bitte dich zum dritten Mal, deinen Arm da wegzunehmen.«
»Seth! Gerechter Gott, es ist Seth!« Sedley Brown trat näher, um ihm die Hand zu schütteln, dann wankte er davon zum Kajüthaus, gegen dessen Wand er sich lehnte.
»Aber warum sind wir draußen auf See?«, beklagte sich Mr. Gifford. Er blickte sich um, und seine Blicke blieben an Flat Nose Russ hängen. »Wenn

Sie der Kapitän sind, mein Herr, dann drehen Sie auf der Stelle um und kehren Sie nach San Francisco zurück. Oh, ich weiß jetzt! Ich beginne, mich zu erinnern. Es war eine Gewalttat. Die Polizei muss sofort die Ermittlungen aufnehmen. Gestern ... gestern Nacht bin ich überfallen worden. Man hat mir mehrere Male mit einer Keule auf den Kopf geschlagen. Es ist reines Glück, dass ich keinen Schädelbruch davongetragen habe.« Er betastete zimperlich seien Kopf, bis er auf die Beule stieß, die ihm der Teertopf eingebracht hatte. »Da! Es ist böse geschwollen. Es war gestern Nacht um halb zwölf ...«

»Hör zu«, sagte Patty eindringlich. »Es war nicht gestern Nacht. Es war vor 18 Jahren. Ich bin deine kleine Patty. Erinnerst du dich nicht mehr an sie? Ich bin natürlich größer geworden. – Mutter, warum gibst du ihm keinen Kuss? – Vater! Gib ihr einen Kuss!«

Mrs. Gifford fuhr zurück; auch Seth Gifford kam der Aufforderung nicht nach. Von neuem betrachtete er voll Abscheu seine Hände.

»Ich ... ich brauche ein Bad«, murmelte er, dann taumelte er zur Ecke des Kajüthauses und setzte sich. »Ach Gott, ach Gott!«, jammerte er und brach in Tränen aus.

# 9

»Seth ist tatsächlich noch ganz der Alte – er hat sich in all den Jahren kein bisschen verändert«, rief Mrs. Gifford.
Sie war soeben an Deck gekommen und schloss sich den anderen an, welche die morgendliche Kühle genossen.
»Es kommt mir vor, als sei ich Zeuge eines Mordes geworden«, sagte Temple Harrison.
»Dafür sehe ich keinen Grund«, wandte Patty ein.
»Ich schon. Was ist aus Kapitän Bill Decker geworden? Er ist jetzt tot, nicht wahr?«
Patty schüttelte den Kopf.
»Es gibt keine Leiche«, sagte sie. »Kapitän Bill Decker ist bloß in das Schweigen eingegangen, in dem Vater 18 Jahre lang verschwunden war.«
»Und ich hoffe, hoffe inbrünstig, dass Kapitän Bill Decker dort verbleibt«, war Sedley Browns Beitrag.
»Es ist sehr seltsam«, sagte Patty.
»Ein Wunder«, ergänzte Mrs. Gifford.
»Ich – ich war's – mit meinem kleinen Teertopf«, sagte Willie, der neben seiner Mutter genießerisch eine Zigarette in den Wind paffte. Alle wandten sich um, das Wunder zu betrachten, das in Lee stand, aufs Meer hinausblickte und unbewusst versuchte, seine dreckstarrenden Hände über Bord zu schleudern.

# Die *Francis Spaight*

*Eine wahre Geschichte*

Die *Francis Spaight* lief vor dem Sturm, nur mit dem Besantopsegel, als es geschah. Der Grund war nicht so sehr Gleichgültigkeit wie die völlige Disziplinlosigkeit der Besatzung, die aus bestenfalls nur mäßigen Seeleuten bestand. Das galt namentlich von dem Mann, der am Ruder stand, einem Limericker, der mit Salzwasser bisher nicht mehr zu tun gehabt hatte als Holz den Shannon hinab zur Küste zu flößen. Er fürchtete sich vor den gewaltigen Seen, die sich aus dem Dunkel achtern vor ihm erhoben und sich auf ihn zuwälzten, und wenn sie ihn zu treffen drohten, hätte er sich lieber verkrochen, als dass er ihrem Angriff mit dem Ruder begegnete und das Querschlagen des Schiffes verhinderte.

Es war drei Uhr morgens, als sein unseemännisches Benehmen die Katastrophe herbeiführte. Beim Anblick einer See, die größer als die andern war, kroch er ganz zusammen und ließ das Rad los. Die *Francis Spaight* gierte, als das Achterende sich aus dem Wasser hob, und das ganze Gewicht der See traf ihr

Ruder. Im nächsten Augenblick war das Schiff im Wellental, die Leereling völlig unter Wasser, bis das Meer die Lukenrahmen erreichte, während See auf See über die Luvreling brach und ihren eisigen Strom über das Deck sandte, so weit es noch aus dem Wasser emporragte.

Die Männer waren gar nicht zu halten, sie waren hilflos und hoffnungslos, völlig verwirrt und gelähmt, und zielbewusst nur in einem einzigen Punkt - nämlich darin, dass sie nicht gehorchen wollten. Einige jammerten, andere klammerten sich schweigend an die Luvwanten, während wieder andere Gebete murmelten oder heulend die ärgsten Flüche ausstießen, und weder Kapitän noch Steuermann konnte sie dazu bringen, an den Pumpen zu arbeiten oder Segel zu setzen, um das Schiff gegen Wind und See zu drehen. Im Laufe einer Stunde könnte das Schiff gekentert sein, und die ängstlichen Kerle kletterten an den Seiten hinauf und hingen sich in die Takelung. Als es überkrängte, konnte der Steuermann nicht aus der Kajüte achtern kommen und ertrank, ebenso zwei Matrosen, die in der Back Zuflucht gesucht hatten.

Der Steuermann war der beste Mann an Bord gewesen, und der Kapitän war jetzt beinahe ebenso hilflos wie die Besatzung. Er war nur am Fluchen, weil sie nichts taugte, und ein Matrose namens Mahoney aus Belfast sowie ein Junge, O'Brien aus Limerick, mussten Vormast und Großmast kappen. Das taten sie mit großer Gefahr für Leben und Glieder, während das Wrack auf- und niederstieß, und bei dem allgemeinen Chaos ging auch der Besantopmast über Bord. Die *Francis Spaight* richtete sich auf, und es war ein Glück, dass sie mit Holz beladen war, denn sie hatte schon ziemlich viel Wasser übergenommen und wäre sonst gesunken. Der Großmast, der nicht von den Wanten klar gekommen war, schlug wie ein mächtiger Hammer gegen die Schiffsseite, und jeder Schlag ließ die Männer jammern und stöhnen.

Der Tag brach über dem wilden Meere an, und in dem kalten, grauen Licht war das Einzige, was von der *Francis Spaight* aus dem Wasser ragte, der Bug, der zersplitterte Besanmast und eine ungleiche Reihe von Streben, wo sich die Reling befunden hatte. Es war mitten im Winter auf dem nördlichen Atlantik, und die elende Besatzung war halbtot vor Kälte. Dennoch hatten sie kein Plätzchen, wo sie Ruhe finden konnten. Jede See brach über das Wrack hinweg, leckte die Salzkruste von ihrem Körper und lagerte neue Salzkrusten ab. In der Kajüte unter dem Hüttendeck reichte das Wasser ihnen bis an die Knie, aber hier fanden sie doch wenigstens Schutz vor dem kalten Wind, und hier versammelten sich die Überlebenden, aufrecht stehend und sich an die Möbel in der Kajüte klammernd oder aneinander stützend!

Mahoney versuchte vergebens, sie dazu zu bringen, Ausguck von der Mastspitze zu halten, für den Fall, dass sie ein Schiff treffen sollten. Der eiskalte Wind war ihnen zu viel, und sie zogen es vor, in der Kajüte Schutz zu suchen. Der junge O'Brien, der nur fünfzehn Jahre alt war, besetzte abwechselnd mit Mahoney den eiskalten Ausguckposten. Der Junge war es, der um drei Uhr nachmittags hinunterrief, dass ein Segler in Sicht war. Das brachte alle aus der Kajüte heraus, und sie scharten sich an der Reling und kletterten in die Luvbesantakelung, um das fremde Schiff zu beobachten. Aber dessen Kurs führte nicht in die Nähe der *Francis Spaight*, und als es hinter dem Horizont verschwand, kehrten die Leute zitternd vor Kälte in die Kajüte zurück, und nicht ein einziger erbot sich, den Ausguckmann auf dem Mast abzulösen.

Nach dem zweiten Tag hatten Mahoney und O'Brien genug von ihrem Ausguckposten, und von diesem Augenblick an trieb das Schiff im Sturm, ohne dass jemand es manövriert hätte, und ohne Ausgucksmann. Es waren noch dreizehn Mann am Leben, und zweiundsiebzig Stunden lang standen sie bis zu den Knien im Wasser in der Kajüte, fast steif gefroren, ohne Essen und nur mit drei Flaschen Wein zum Teilen. Alles, was es an Proviant und Trinkwasser gab, war unten, und so voll Wasser war das Wrack, dass sie nicht zu den Vorräten gelangen konnten. Nicht einen einzigen Bissen bekamen sie in den nächsten Tagen. Frisches Wasser konnten sie sich in ganz kleinen Rationen verschaffen, wenn sie den Deckel einer Suppenterrine unter die Mars des Besanmastes hielten, aber es regnete nicht viel, und sie litten große Not. Wenn es regnete, fingen sie auch die Tropfen mit ihren Taschentüchern auf und pressten sich das Wasser in den Mund oder in ihre Schuhe. Als Wind und See sich allmählich legten, konnten sie auch das Wasser von den Teilen des Decks aufwischen, die das Salzwasser nicht erreicht hatte, und auf diese Weise ihren Wasservorrat vermehren. Aber zu essen hatten sie nichts und konnten sich nichts verschaffen, obwohl häufig Seevögel über ihren Köpfen hinwegflogen.

In dem stillen Wetter, das den Sturm ablöste, trockneten einzelne Planken in der Kajüte, sodass sie sich hinlegen konnten. Aber sie hatten vier Tage lang gestanden, und die langen Stunden im Salzwasser hatten ihnen überall an den Beinen Wunden verursacht. Diese Wunden waren furchtbar schmerzhaft. Die geringste Berührung oder Schramme verursachte ihnen die fürchterlichsten Qualen, und bei ihrer Schwäche und in der überfüllten Kajüte stießen sie sich beständig. Nicht einer konnte sich rühren, ohne dass eine Salve von Schimpfworten, Flüchen oder Klagerufen folgte. So groß war ihr Elend, dass die Starken die Schwachen unterdrückten und von den trockenen Planken wegstießen, sodass sie sehen mussten, sich mit Kälte und Wasser abzufinden. Namentlich der junge O'Brien war ihren Misshandlungen ausgesetzt. Obwohl noch drei andere Jungen da waren, wurde O'Brien am meisten ausgescholten. Es gab keinen besonderen Grund dazu, außer, dass er stärker und unerschütterlicher als die anderen Jungen war, mehr auf seinem Recht bestand und sich gegen die kleinliche und ungerechte Behandlung der Männer wehrte. Jedesmal, wenn O'Brien in die Nähe der Männer kam, um sich eine trockene Stelle zu suchen, wo er schlafen konnte, oder wenn er sich nur bewegte, wurde er mit Schlägen und Stößen fortgetrieben. Dafür verfluchte er sie in ihrer Selbstsucht und Brutalität, und dann regneten Ohrfeigen, Tritte und Flüche auf ihn herab. So elend auch alle waren, war er doch bei weitem der elendste, und nur, weil die Lebensflamme ungewöhnlich kräftig in ihm brannte, hielt er überhaupt aus.

Als sie mit den Tagen immer schwächer wurden, nahm ihre Reizbarkeit und schlechte Laune zu, und das bewirkte wieder, dass O'Brien noch ärger misshandelt und geplagt wurde. Am sechzehnten Tage waren sie alle furchtbar vom Hunger mitgenommen, und sie flüsterten in kleinen Gruppen, wobei sie hin und wieder Blicke auf O'Brien warfen. Zur Mittagszeit gelangten ihre Beratungen zu einem

Ergebnis, und der Kapitän trat als ihr Wortführer auf. Alle waren auf dem Hüttendeck versammelt.

»Leute«, begann der Kapitän, »wir haben jetzt lange nichts zu essen bekommen – es ist zwei Wochen und zwei Tage her, aber es kommt uns eher wie zwei Jahre und zwei Monate vor. Wir können nicht mehr lange aushalten. Wir können nicht mit leerem Magen leben. Es ist eine große Frage, die wir erwägen müssen, und zwar, ob es besser ist, dass wir alle sterben, oder dass einer von uns stirbt. Wir stehen mit einem Fuß im Grabe. Wenn einer von uns stirbt, können die übrigen vielleicht am Leben bleiben, bis wir ein Schiff in Sicht bekommen. Was meint ihr?«

Michael Behane, der Mann, der am Ruder gestanden hatte, als die *Francis Spaight* zum Wrack wurde, rief, das sei das einzig Richtige, und die anderen stimmten zu.

»Es soll einer von den Jungen sein!«, rief Sullivan, der in Tarbert zu Hause war, und sandte gleichzeitig O'Brien einen vielsagenden Blick zu.

»Ich meine«, fuhr der Kapitän fort, »dass es eine gute Tat wäre, wenn einer von uns den Tod für alle andern erlitte.«

»Eine gute Tat! Eine gute Tat!«, stimmten die Männer zu.

»Und ich meine auch, es wäre am richtigsten, wenn einer von den Jungen den Tod erlitte. Sie haben keine Familie zu versorgen, und es wäre kein so gro-

ßer Verlust für ihre Angehörigen wie bei denen, die Frau und Kinder haben.«
»Richtig!« »Sehr richtig!« »Ja, so soll es sein!«, murmelten die Leute.
Aber die vier Jungen riefen, das sei sehr ungerecht. »Wir hängen genauso am Leben wie ihr andern«, protestierte O'Brien. »Und wenn ihr von Frau und Kindern redet - wer sonst als ich soll meine alte Mutter versorgen, die Witwe ist - ja, und das weißt du auch sehr gut, Michael Behane, denn du bist aus Limerick! Das ist nicht gerecht. Lasst uns alle losen - Erwachsene sowohl wie Jungen.«
Nur Mahoney sprach sich zugunsten der Jungen aus und erklärte, es sei das einzig Gerechte, wenn sie alle die gleiche Chance bekämen. Aber Sullivan und der Kapitän bestanden darauf, dass das Losen auf die Jungen beschränkt werden sollte. Ein großer Streit entstand, und mitten darin wandte Sullivan auch brummend zu O'Brien:
»Es wäre eine gute Tat, dich aus dem Wege zu räumen. Du verdienst es. Es würde dir recht geschehen, und wir wollen dich schon lehren!«
Er machte eine Bewegung, als wolle er Hand an O'Brien legen und ihn gleich totschlagen, und mehrere taumelten auch auf ihn zu und streckten die Hände nach ihm aus. Er wankte rückwärts, um ihnen zu entgehen, und rief, dass er auf das Losen unter den Jungen einginge.

Der Kapitän verfertigte vier Holzstücke von verschiedener Länge und reichte sie Sullivan.
»Du meinst, es ginge beim Losen nicht ehrlich zu«, sagte er spöttisch zu O'Brien. »Dann musst du lieber selber ziehen.«
Darauf ging O'Brien ein. Ihm wurde ein Taschentuch vor die Augen gebunden, sodass er nichts sehen konnte, und dann kniete er, den Rücken gegen Sullivan, auf dem Deck nieder.
»Wer den kürzesten zieht, soll sterben«, sagte der Kapitän.
Sullivan hielt das eine Holzstück hoch. Die übrigen hielt er in seiner Hand versteckt, sodass keiner sehen konnte, ob es das kurze war oder nicht.
»Wer soll das haben?«, fragte Sullivan.
»Der kleine Johnny Sheehan«, antwortete O'Brien.
Sullivan legte das Hölzchen beiseite. Die Zuschauer konnten nicht sagen, ob es das verhängnisvolle war.
Dann hielt Sullivan ein anderes hoch.
»Wer soll das bekommen?«
»George Burns«, lautete die Antwort.
Das Holzstück wurde zum ersten gelegt und ein drittes hochgehalten.
»Und wer soll das haben?«
»Ich selber«, sagte O'Brien.
Sullivan nahm hastig die vier Holzstücke auf. Keiner hatte sie gesehen.

»Du hast selbst das kürzeste gezogen«, erklärte Sullivan.
»Eine gute Tat«, murmelten mehrere von den Männern.
O'Brien erhob sich ganz ruhig, nahm sich die Binde von den Augen und sah sich um.
»Wo ist es?«, fragte er. »Das kurze Holz? Das ich bekam?«
Der Kapitän zeigte auf die vier Hölzer, die auf dem Deck lagen.
»Wie könnt ihr wissen, dass es mein Holz war?«, fragte O'Brien. »Hast du es gesehen, Johnny Sheehan?«
Johnny Sheehan, der jüngste von den Jungen, antwortete nicht.
»Hast du es gesehen?«, wandte O'Brien sich jetzt zu Mahoney.
»Nein, ich habe es nicht gesehen.«
Die Männer knurrten und fauchten.
»Es ging ganz ehrlich zu«, sagte Sullivan. »Du hattest deine Chance und hast sie verspielt – das ist alles.«
»Es ging ehrlich zu«, sagte der Kapitän. »Hab' ich es nicht selbst gesehen? Das Holz war deines, O'Brien, und du kannst dich ebensogut gleich bereitmachen. Wo ist der Koch? Gorman, komm her. Holt den Terrinendeckel – einer von euch! Gorman, sei jetzt ein Mann und tu deine Pflicht!«

»Ja, aber wie soll ich es machen?«, fragte der Koch. Er war ein unentschlossener Mensch mit schwachen Augen und einem schwachen Kinn.
»Das ist verruchter Mord!«, rief O'Brien.
»Ich will nichts davon haben«, erklärte Mahoney. »Nicht ein Bissen soll über meine Lippen kommen.«
»Dann gibt es bessere Männer als du, die deinen Anteil haben können«, spottete Sullivan. »Tu jetzt deine Pflicht, Koch.«
»Es ist nicht meine Pflicht, Jungen totzuschlagen«, protestierte Gorman unentschlossen.
»Wenn du uns nichts zu essen verschaffst, nehmen wir dich selber«, sagte Behane drohend. »Einer von uns muss sterben, und ob du es bist oder ein anderer, ist gleich.«
Johnny Sheehan begann zu weinen. O'Brien lauschte in großer Angst. Sein Gesicht war blass. Seine Lippen bebten, und zeitweise zitterte er am ganzen Körper.
»Ich habe als Koch angeheuert«, erklärte Gorman, »und ich würde auch schon kochen, wenn es eine Kombüse gäbe. Aber bei einem Mord mache ich nicht mit. Davon steht nichts in der Musterungsrolle. Ich bin Koch hier –«
»Du bist bald Koch gewesen«, sagte Sullivan finster, indem er den Kopf des Kochs packte und hintenüber bog, bis Kehle und Halsader straff gespannt waren. »Wo ist dein Messer, Mann? Her damit!«

Als Gorman den Stahl an seiner Kehle fühlte, begann er zu jammern.
»Ich werde es schon tun, wenn ihr den Jungen halten wollt.«
Es war, als ob die klägliche Haltung des Kochs O'Brien in gewissem Grade ermutigte.
»Mach dir nichts daraus, Gorman«, sagte er. »Nur los! Ich weiß gut, dass du es nicht tun magst. Nein, ich danke –«, Letzteres zu dem Kapitän gewandt, der ihm die Hand schwer auf den Arm legte. »Sie brauchen mich nicht zu halten, ich werde schon stillstehen.«
»Hör jetzt auf mit dem Heulen und hol den Terrinendeckel«, sagte Behane zu Johnny Sheehan und gab ihm gleichzeitig eine tüchtige Ohrfeige.
Der Junge, der kaum mehr als ein Kind war, holte den Deckel. Er wankte und kroch über das Deck, so erschöpft war er vor Hunger. Die Tränen liefen ihm beständig über die Backen. Behane nahm ihm den Deckel ab und gab ihm gleichzeitig eine neue Ohrfeige.
O'Brien zog sich den Rock aus und entblößte seinen rechten Arm. Seine Unterlippe bebte immer noch, sonst aber war er sehr ruhig. Der Kapitän öffnete sein Taschenmesser und reichte es Gorman.
»Mahoney, du wirst meiner Mutter erzählen, wie es mir ergangen ist, wenn du je heimkommst«, sagte O'Brien.

Mahoney nickte.
»Es ist Mord, verfluchter, dreckiger Mord!«, sagte er. »Wir werden keine Freude von dem Fleisch des Jungen haben, keiner von euch.«
»Macht jetzt, dass ihr fertig werdet!«, kommandierte der Kapitän. »Sullivan, du hältst den Deckel – so – dicht an ihn. Es darf nichts verloren gehen. Alles ist kostbar.«
Gorman nahm sich zusammen. Das Messer war stumpf, und er war schwach. Zudem zitterte ihm die Hand so heftig, dass er das Messer beinahe fallen ließ. Die drei Jungen krochen zusammen, weinten und schluchzten laut. Mit Ausnahme Mahoneys hatten sich alle um das Opfer geschart und steckten die Köpfe vor, um besser sehen zu können.
»Sei jetzt ein Mann, Gorman«, sagte der Kapitän drohend.
Der unglückliche Koch wurde von einer krampfhaften Entschlossenheit gepackt und begann mit der Klinge an O'Briens Handgelenk herumzufeilen. Die Adern waren jetzt durchgeschnitten. Sullivan hielt den Terrinendeckel dicht unter das Messer. Ein tiefer Schnitt war über das Handgelenk gemacht, aber kein rotes Blut strömte heraus. Es kam überhaupt kein Blut. Die Adern waren völlig ausgetrocknet. Keiner sagte etwas. Die finster schweigenden Gestalten schwankten hin und her im Takt, so oft das Schiff

sich hob. Alle Augen richteten sich auf dies Unfassbare und Naturwidrige – auf diese ausgetrockneten Adern eines lebendigen Geschöpfes.

»Das ist eine Warnung!«, rief Mahoney. »Lasst den Jungen. Ich habe es euch gesagt – ihr werdet keine Freude von seinem Tod haben – nein, das werdet ihr nicht!«

»Versucht es am Ellbogen – am linken Ellbogen –, der ist näher am Herzen«, sagte der Kapitän schließlich mit leiser, heiserer Stimme, die seiner gewöhnlichen nicht glich.

»Gib mir das Messer«, sagte O'Brien hart, indem er es dem Koch aus der Hand nahm. »Ich kann es nicht mitansehen, wie ihr an mir herumsäbelt.«

Er schnitt sich ganz ruhig die Adern am linken Ellbogen durch, aber auch hier kam kein Blut.

»Es hat keinen Zweck«, sagte Sullivan. »Wir müssen seinem Leiden lieber ein Ende machen und ihm die Kehle abschneiden.«

Aber die Spannung war zu viel für den Jungen gewesen.

»Das tut ihr nicht!«, rief er. »In meiner Kehle ist auch kein Blut. Lasst mir Zeit. Ich bin verfroren und verkommen. Ich will mich hinlegen und ein bisschen schlafen. Dann werde ich warm, und dann kommt wohl schon Blut.«

»Was hätte das für einen Sinn?«, sagte Sullivan. »Als ob du jetzt schlafen könntest! Du wirst nicht schlafen, und du wirst nicht wärmer werden. Du solltest dich nur selber ansehen. Du hast Schüttelfieber.«

»Ich war mal krank in Limerick«, sagte O'Brien. »Das war am Abend, und der Doktor konnte mich nicht zur Ader lassen. Als ich aber ein paar Stunden geschlafen hatte und richtig warm geworden war, begann das Blut zu fließen. Es ist wahr, was ich euch erzähle – weiß Gott! Ihr dürft mich nicht ermorden!«

»Jetzt sind deine Adern durchgeschnitten«, sagte der Kapitän. »Es hat keinen Zweck, ihn so lange leiden zu lassen. Macht der Geschichte jetzt ein Ende.«

Sie streckten die Hände nach O'Brien aus, aber er zog sich zurück.

»Ich werde euch allen das Leben nehmen!«, schrie er. »Lass mich, Sullivan! Ich werde wiederkommen! Ich werde euch erscheinen! Im Schlafen und Wachen werde ich euch erscheinen –, und zwar bis zu euerm Tode!«

»Es ist eine Schande!«, heulte Behane. »Wenn ich das kurze Holz gezogen hätte, würde ich mir von meinen Kameraden den Kopf abhauen lassen – mit größtem Vergnügen!«

Sullivan machte einen Sprung und packte den unglücklichen Jungen am Haar. Die andern Männer folgten seinem Beispiel, während O'Brien um sich trat und sich wehrte, knurrte und nach den Händen schnappte, die sich von allen Seiten nach

ihm ausstreckten. Der kleine Johnny Sheehan begann zu rufen und zu schreien, als sei er von Sinnen, aber die Männer beachteten ihn nicht. O'Brien wurde hintenüber auf das Deck gebeugt, und sie hielten ihm den Terrinendeckel unter den Hals. Gorman wurde hingepufft. Einer hatte ihm einen großen Dolch in die Hand gesteckt.
»Tu deine Pflicht! Tu deine Pflicht!«, riefen die Männer.
Der Koch beugte sich vor, aber sein Blick begegnete dem des Knaben, und er zögerte.
»Wenn du es nicht tust, schlage ich dich mit meinen Fäusten tot«, brüllte Behane.
Von allen Seiten regneten Schimpfworte und Drohungen auf den Koch herab. Aber er zauderte immer noch.
»Vielleicht ist in seinen Adern mehr Blut als in denen O'Briens«, bemerkte Sullivan drohend.
Behane packte Gorman am Haar und zwang seinen Kopf zurück, während Sullivan sich in den Besitz des Dolches zu setzen versuchte. Aber Gorman klammerte sich mit dem Mut der Verzweiflung an sie.
»Lasst mich los – ich tu es schon!«, heulte er wie ein Irrsinniger. »Ihr dürft mir den Hals nicht abschneiden! Ich tu es schon! Ich tu es schon!«
»Dann sieh zu, dass du es tust!«, sagte der Kapitän drohend.

Gorman ließ sich hinziehen. Er sah den Jungen an, schloss die Augen und murmelte ein Gebet. Dann – immer noch mit geschlossenen Augen – tat er, was er tun sollte. O'Brien stieß einen Schrei aus, der schnell in ein gurgelndes Röcheln überging. Die Männer hielten ihn, bis der Todeskampf zu Ende war, dann legten sie ihn auf das Deck. Sie waren eifrig und ungeduldig und trieben Gorman mit Flüchen und Drohungen an, dass er ihnen die Mahlzeit so schnell wie möglich zubereiten sollte.

»Lasst ihn liegen, ihr blutigen Schlachter!«, sagte Mahoney ruhig. »Lasst ihn liegen, sage ich euch, jetzt braucht ihr nichts mehr davon. Ich habe es euch ja die ganze Zeit gesagt – wir werden keine Freude von dem Blut des Jungen haben. Wirf ihn über Bord, Behane! Wirf ihn über Bord!«

Behane, der immer noch, den Terrinendeckel in beiden Händen, dastand, sah nach Lee hinüber. Er trat an die Reling und warf Deckel und Inhalt ins Meer. Ein Vollschiff hielt, eine Meile fort, gerade auf sie zu. So beschäftigt waren sie mit der Tat gewesen, die sie soeben vollbracht hatten, dass keiner daran gedacht hatte, Ausguck zu halten. Alle sahen sie, wie das Schiff näher kam – der kupferbekleidete Steven, der das Wasser wie ein goldenes Messer spaltete, schimmerte, während die Vorsegel jedesmal, wenn es in ein Wellental ging, hin und her klatsch-

ten und die turmhohen Segelreihen hinabtauchten und sich neigten. Keiner sagte etwas.
Als es eine Kabellänge von der *Francis Spaight* beidrehte, nahm der Kapitän sich zusammen und gab Befehl, eine Persenning über O'Briens Leiche zu werfen. Ein Boot wurde von dem fremden Schiff heruntergelassen und begann zu ihnen hinzurudern. John Gorman lachte. Zuerst lachte er ganz leise, aber er begleitete jeden Riemenschlag mit krampfhaft zunehmender Heiterkeit. Sein wahnsinniges Lachen war es, das das Rettungsboot begrüßte, als es an der Seite vertäute und der Erste Steuermann an Bord kletterte.

# Chris Farrington – Vollmatrose

»Auf einem englischen Schiff ist so ein Grünschnabel wie du nur der Moses, der nach der Pfeife der Vollmatrosen zu tanzen hat. Wenn dich dort ein Vollmatrose anpreit: ›Boy, noch 'nen Schlag aus der Back!‹ dann rennst du los wie 'n geölter Blitz und bringst ihm noch 'nen Schlag. Und wenn er dich anpreit: ›Boy, meine Stiefel!‹, dann holst du die Stiefel, aber fix. Und kein Wenn und Aber, sondern immer schön höflich und bescheiden und nur ›Yes, Sir‹ und ›No, Sir‹. – Doch hier, auf einem amerikanischen Schiff, da bildest du dir ein, es gäbe zwischen dir und uns Vollmatrosen keinen Unterschied. Irrtum. Ich fahre schon seit zweiundzwanzig Jahren zur See, und du glaubst, du kannst dich mit mir vergleichen, Chris, mein Junge? Ich war schon Matrose, bevor du überhaupt geboren wurdest; und ich konnte schon reffen und knoten und spleißen, als du noch hinter Reifen her ranntest und Drachen steigen ließt.«

»Du bist ungerecht, Emil!«, setzte sich Chris mit hochrotem Kopf zur Wehr. Er war ein hochaufgeschossener, aber kräftig gebauter Bursche von sieb-

zehn Jahren, dem man seine Yankee-Vorfahren schon von weitem ansehen konnte.
»Sag das ja nicht noch einmal!«, schrie der schwedische Matrose wütend. »Für dich bin ich Mister Johansen! Aber so'n Wickelkind sagt einfach ›Emil‹ zu mir. Das ist eine Beleidigung, das kann einem auch nur auf einem amerikanischen Schiff passieren!«
»Aber du sagst doch auch ›Chris‹ zu mir!«, hielt Chris dagegen.
»Du bist ja auch der Moses.«
»Der aber Männerarbeit verrichtet«, gab Chris schlagfertig zurück. »Und weil ich Männerarbeit mache, habe ich das gleiche Recht, dich auch beim Vornamen zu nennen. Wir alle hier vor dem Mast sind doch gleich, und das weißt du auch. Als wir für diese Reise in San Francisco anmusterten, da musterten wir als Matrosen auf der *Sophie Sutherland* an, und dabei wurde kein Unterschied gemacht. Habe ich nicht immer meine Arbeit getan? Habe ich mich auch nur einmal gedrückt? Hat mal einer von euch meine Ruderwache übernehmen müssen? Oder den Ausguck? Oder für mich nach oben gehen?«
»Chris hat Recht«, warf ein junger englischer Matrose dazwischen. »Keiner von uns hat ihm auch nur das Geringste abnehmen müssen. Er hat zu den gleichen Bedingungen wie wir angemustert, und er hat sich gut bewährt ...«

»Bestens sogar!«, mischte sich ein Mann aus Nova Scotia ein. »Besser als mancher andere unter uns! Als wir damals im Fanggebiet ankamen, was hat sich da herausgestellt? Dass er der zweitbeste Bootsführer an Bord war, nur der Franzosen-Louis, der schon seit Jahren dabei ist, konnte ihn ausstechen. Ich bin nur Rudergast, und auch du bist nur Rudergast, Emil Johansen, und du bist es auch deine ganzen zweiundzwanzig Jahre auf See geblieben. Warum bist *du* denn kein Bootsführer geworden?«
»Zu ungeschickt«, lachte der Engländer, »und zu langsam.«
»Das spielt überhaupt keine Rolle«, ließ sich nun der Däne Jürgensen in der Absicht vernehmen, seinem skandinavischen Bruder den Rücken zu stärken. »Emil ist doch ein erwachsener Mann und Vollmatrose, was man von dem Jungen wirklich nicht behaupten kann.«
So löste ein Argument das andere ab. Die Schweden, Norweger und Dänen ergriffen als Menschen gleichen Schlages für Johansen, die Engländer, Kanadier und Amerikaner für Chris Partei. Aus unvoreingenommener Sicht betrachtet war das Recht zweifellos auf Chris' Seite. Wie er zu Recht behauptet hatte, stand er seinen Mann und verrichtete die gleiche Arbeit wie die anderen. Doch sie waren ihm gegenüber nun einmal voreingenommen, sehr voreingenommen sogar; und aus

dem ewigen Hin- und Hergeplänkel entstand ein regelrechter Zwist, der das Logis in zwei Parteien spaltete.

Die *Sophie Sutherland* war ein Robbenfänger; in San Francisco registriert, war sie für die Jagd auf Pelztiere des Meeres entlang der japanischen Küste, bis hinauf zur Behring-See, in Dienst gestellt worden. Alle anderen Schiffe waren Zweimastschoner, nur sie war ein Dreimaster und das größte Schiff der Flotte. Sie war ein Dreimast-Marssegelschoner, ein Neubau, der erst vor kurzem fertiggestellt worden war.

Chris Farrington wusste, dass er nicht nur das Recht auf seiner Seite hatte, sondern dass er auch seine Arbeit wirklich gewissenhaft und gründlich verrichtete. Trotzdem sehnte er oft heimlich eine schwierige Situation herbei, in der er den skandinavischen Seeleuten beweisen wollte, dass auch er ein vollwertiger Vollmatrose war.

Aber in einer stürmischen Nacht hatte er einen Unfall, an dem er selbst keine Schuld trug; beim Ausbringen einer Reserveankerkette wurden alle Finger seiner linken Hand gequetscht und übel zugerichtet. Damit schienen auch seine heimlichen Hoffnungen vorerst zunichte zu sein; denn er konnte nicht einmal mit seinem Boot weiter an der Jagd teilnehmen, sondern musste untätig an Bord zurückbleiben, bis die Finger wieder geheilt sein

würden. Doch obwohl er es nicht einmal zu träumen gewagt hätte, bot sich ihm gerade durch diesen Unfall die lange erhoffte Gelegenheit.
Ende Mai rollte die *Sophie Sutherland* eines Nachmittags schwerfällig in einer Totenflaute. In dieser Gegend gab es reichlich Robben, die Jagd lief gut, alle Boote waren unterwegs und befanden sich außer Sicht. Fast die ganze Besatzung war mit ihnen draußen, denn außer Chris waren nur der Kapitän, der Segelmeister und der chinesische Koch an Bord zurückgeblieben.
Der Kapitän trug seinen Titel nur der Form halber. Er war schon ein alter Mann, jenseits der Achtzig, dessen Gemütsruhe durch keinerlei Kenntnisse über die Anforderungen und Gefahren der Seefahrt gestört wurde. Doch er war der Eigner des Schiffes, und deshalb trug er den ehrenvollen Titel. Der eigentliche Kapitän war der Segelmeister, und der war natürlich ein richtiggehender Seemann. Der Steuermann, der normalerweise auf seinem Posten an Bord blieb, hatte vorübergehend Chris' Platz als Bootsführer übernommen und war mit hinausgegangen.
Wenn gutes Wetter herrschte und gute Fangmöglichkeiten bestanden, schwärmten die Boote gewöhnlich über ein weites Gebiet aus und kehrten oft erst lange nach Einbruch der Dunkelheit zum Schoner zurück. Doch obwohl an diesem Tag alle

Voraussetzungen für einen besonders guten Fang gegeben schienen, bemerkte Chris, dass der Segelmeister in zunehmendem Maße beunruhigt zu sein schien, denn er schritt nervös auf Deck hin und her und suchte ständig mit seinem Marineglas den Horizont ab. Kein Boot kam in Sicht. Bei Sonnenuntergang schickte er Chris hinauf ins Krähennest, doch auch das blieb vergeblich. Die Boote würden also kaum vor Mitternacht wieder zurück sein.
Um die Mittagszeit begann das Barometer zu fallen, und alle Anzeichen kündigten einen heftigen Sturm an – wie heftig der werden sollte, das ahnte nicht einmal der Segelmeister. Um für alle Fälle gerüstet zu sein, machten er und Chris sich an die Arbeit. Sie sicherten die beschlagenen Toppsegel mit zusätzlichen Sturmzeisingen, holten das Focksegel und den Besan nieder, tuchten beide auf und bargen die beiden Innenklüver. In den verbleibenden Klüver und auch in das Großsegel banden sie je ein Reff ein.
Noch bevor sie ihre Arbeit beendet hatten, wurde es dunkel, und mit einbrechender Dunkelheit brach auch der Sturm los. Ein aufbrüllendes Röhren kam über die See gefegt, und der plötzliche Windprall drückte die *Sophie Sutherland* fast platt aufs Wasser. Doch sie richtete sich schnell wieder auf, und der Segelmeister, der am Ruder stand, konnte sie mit dem Bug bis auf 60 Grad an den Wind

drehen. Chris ging nach vorn und holte, so gut es ihm mit seiner bandagierten Hand möglich war und nur unbeholfen von dem chinesischen Koch unterstützt, den Klüver back. Das Großsegel blieb dichtgeholt, sodass sie beigedreht lagen.

»Gott schütze die Boote! Das ist kein normaler Sturm! Das ist ein Taifun!«, hörte Chris gegen elf Uhr den Segelmeister schreien. »Viel zuviel Segel! Es müssen noch zwei Reffe ins Groß, und zwar schnell!« Er warf einen flüchtigen Blick auf den Kapitän in seinem Ölzeug, der zitternd am Kompasshaus lehnte und sich, zu Tode erschrocken, festzuklammern suchte. »Hier gibt es nur dich und mich, Chris – und noch den Koch natürlich, aber der nützt uns wenig!«

Um es zu reffen, musste das Großsegel erst ein Stück gefiert werden, und sobald dadurch der Windpress fehlte, würde der Wind allein auf den backstehenden Klüver drücken, wodurch der Schoner abfallen, Fahrt voraus nehmen und vor Wind und See lenzen würde.

»Übernimm du das Ruder!«, ordnete der Segelmeister an. »Und auf mein Kommando hart rum mit ihr! Und wenn du sie genau vor dem Wind hast, gib Stützruder! Und halt sie vor dem Wind! Wir drehen wieder bei, sobald ich die Reffs eingebunden habe.«

Chris ergriff das vibrierende Rad, und der Segelmeister verschwand mit dem widerstrebenden Koch in der heulenden Finsternis nach vorn. Die *Sophie Sutherland* stieß und bohrte sich tief in die gewaltigen Seen hinein und wurde furchtbar umhergewälzt und geschüttelt, während der rasende Wind auf den stählernen Stagen und Wanten der Takelage wie auf klingenden Harfensaiten spielte. Plötzlich drang ein abgerissener Schrei an sein Ohr, und im selben Augenblick spürte er, wie der Bug wegdrehte. Das Großsegel war gefiert!

Er riss das Ruder hart herum und verfolgte angespannt an dem Wind auf seinem Gesicht und den wechselnden Bewegungen des Schiffes, wie sich der Kurs änderte. Es waren kritische Augenblicke. Um vor den Wind zu gehen, würde das Schiff den heranstürzenden Seen auch breitseit standhalten müssen. Als der Wind ihm genau auf die rechte Wange blies, spürte er, wie sich die *Sophie Sutherland* plötzlich weit überlegte und emporgehoben wurde, himmelan, höher und immer noch höher, ungeheuer hoch! Würde sie den Kamm der gigantischen See jemals erreichen?

Er konnte in der Dunkelheit nichts erkennen, doch er nahm trotzdem wahr, dass sich eine hoch aufragende, weit oben überkämmende Wasserwand entlang der ganzen Luvseite neben ihm aufbäumte. Augenblicklich war der Wind durch die flüssige Mauer wie abgeschnitten. Der Schoner richtete sich wieder auf, und für einen Moment schien fast voll-

kommene Ruhe zu herrschen. Doch dann stürzten die brodelnden Wassermassen auf das rollende Schiff nieder.
Chris schrie dem Kapitän zu, er solle sich festhalten, und er selbst versuchte sich für den Aufprall zu wappnen. Doch der Mensch müsste erst noch geboren werden, der dem standhalten könnte. Ein riesiger Wasserfall kam auf Chris' Rücken niedergedonnert und riss seine Hände vom Rad, als wären sie kraftlos wie die eines Kindes. Betäubt, machtlos, wie ein Strohhalm auf einem reißenden Strom, wurde er fortgewirbelt und verfehlte nur um Haaresbreite die Ecke der Kajüte. Dann schleuderte er dreißig Meter oder mehr das Deck entlang und schmetterte gegen den Fockmast. Eine zweite gewaltige See schleuderte ihn gleich darauf denselben Weg wieder zurück, auf der sie ihn herbefördert hatte, und warf ihn, halb ertränkt, dort nieder, wo sich bisher der Aufgang zur Poop befunden hatte.
Grün und blau geschlagen, blutend und halb bewusstlos, griff er nach der Reling, bekam sie zu fassen und zog sich hoch auf die Füße. Er wusste, dass etwas geschehen musste, sonst würden sie verloren sein. Als er sich dem Achterschiff zuwandte, blies ihm der Sturm in den nach Atem ringenden Mund, als wolle er ihn ersticken. Das machte ihn sofort hellwach. Der Wind kam genau von achtern! Sie

waren hindurch, sie hatten es geschafft, sie lagen vor dem Wind! Doch schon die nächste See konnte alles wieder zunichte machen. Er arbeitete sich an Deck entlang und brachte es fertig, gerade noch rechtzeitig das Ruderrad zu erreichen. Das Kompasslicht brannte. Sie waren gerettet!

Das hieß, er und der Schoner waren gerettet. Was mit den drei anderen geschehen war, wusste er nicht. Um es herauszufinden, hätte er das Rad verlassen müssen, doch das war unmöglich. Nicht eine Sekunde durfte er das Schiff sich selbst überlassen, sonst wären sie wieder vom Kurs abgewichen. Auch nur die kleinste Unachtsamkeit, und die nächste See könnte sie wieder quer zu den Wellenbergen schlagen. Er war zwar nur ein junger Mann von ungefähr 62 Kilogramm, doch bewältigte er die Aufgabe, den widerstrebenden Zweihunderttonner sicher mitten durch das Chaos eines gewaltigen Sturmes zu führen.

Eine halbe Stunde später kam stöhnend und schluchzend der Kapitän herangekrochen. Alles wäre verloren, wimmerte er, mit ihm selbst ginge es zu Ende. Die Kombüse wäre über Bord gewaschen worden, das Großsegel samt laufendem Gut, auch der Koch, einfach alles! »Wo ist der Segelmeister?«, fragte Chris schwer atmend, als er den sich wild überlegenden Schoner wieder unter Kontrolle gebracht hatte.

»Den hat es vorne erwischt«, antwortete der alte Mann, »der liegt eingequetscht auf dem Verdeck, aber er atmet noch. Beide Arme sind gebrochen, sagte er, und wie viele Rippen, das wisse er nicht. Der ist schlimm zugerichtet.«
»Aber der wird ja dort in den Wassermassen ersaufen, die wir durch die Klüsenrohre hoch schaufeln. Gehen Sie sofort zu ihm!«, befahl Chris und übernahm damit kurz entschlossen das Kommando, als wenn es das Selbstverständlichste von der Welt wäre. »Sagen Sie ihm, er solle sich keine Sorgen machen, ich stünde am Ruder. Helfen Sie ihm, so gut Sie können, und sehen Sie zu, dass er sich ...«, er hielt inne und wirbelte das Ruderrad nach Steuerbord herum, weil eine riesige See das Heck unterlaufen hatte und der Schoner weit nach Backbord gierte, »... und sehen Sie zu, dass er sich dann selbst weiterhelfen kann. Entfernen Sie die Sicherung am Vorluk, und bringen Sie ihn nach unten in eine Koje. Dann machen Sie die Luke wieder gut dicht.«
Der Kapitän wandte sein zerfurchtes Gesicht nach vorne und begann vor Angst zu zittern. Das Mitteldeck wurde bis zum Schanzkleid von Wassermassen überflutet. Er hatte es gerade geschafft, hindurch zu kommen, und er wusste, dass dort auf jedem Meter der Tod lauerte.
»Gehen Sie schon!«, schrie Chris ihn ohne Mitleid wütend an. Und als sich der von Furcht geschüt-

telte Mann endlich in Bewegung setzte: »Und sehen Sie sich auch nach dem Koch um!«

Zwei Stunden später kam der Kapitän zurück; er war halb tot von all dem, was hinter ihm lag. Die Anordnungen hatte er ausgeführt. Der Segelmeister lag zwar hilflos, doch sicher in einer Koje; aber der Koch war verschwunden. Chris schickte den Kapitän zum Kleiderwechseln nach unten in die Kajüte.

Nach schier endlosen Stunden unaufhörlicher Plackerei brach kalt und grau der Tag an. Chris schaute sich um. Die *Sophie Sutherland* wurde von dem Taifun wie eine Besessene vor sich hergejagt. Es regnete nicht, aber der Sturm riss den Gischt von den Wellenkämmen masthoch, sodass jede Sicht genommen und nur die unmittelbare Umgebung zu erkennen war.

Es waren immer nur zwei Seen gleichzeitig im Blickfeld, die eine vor, die andere hinter dem Schiff. Wie klein und bedeutungslos nahm sich der Schoner zwischen den lang rollenden Brechern des Pazifiks aus! Hatte er nach rasender, Übelkeit verursachender Aufwärtsfahrt einen Wellenberg erreicht, balancierte er dort einen Augenblick in schwindelnder Höhe wie eine Nussschale, atemlos und schlingernd, machte dann einen Satz und stürzte wieder abwärts in den gähnenden Abgrund, als wollte er sich in dem erstickenden Gebrodel der Tiefe selbst begraben. Und gleich darauf wieder

alles noch einmal und immer wieder, ein neuer Wellenberg, ein neues krankmachend rasendes Bergan, ein neuer Schwebezustand auf dem Kamm, eine neue Sturzfahrt in die Tiefe. Auf gleicher Höhe mit sich erblickte Chris an Steuerbord wie einen Sturmgeist den Koch, der in gleichbleibendem Abstand neben dem Schoner, auf- und niederschlagend, mitgerissen wurde. Offenbar hatte er, als er über Bord ging, nach einem durch das Wasser schleifenden Fall gegriffen und sich darin verfangen.
Auch noch in den nächsten drei Stunden hielt Chris allein, nur in Gesellschaft seines grausigen Gefährten die *Sophie Sutherland* auf Kurs vor Wind und See. Schon lange dachte er nicht mehr an seine gequetschten Finger. Der Verband war längst heruntergerissen, und der kalte, salzige Gischt hatte sich in die erst halb geheilten Wunden hineingefressen, bis sie völlig erstarrt und gefühllos geworden waren und nicht mehr länger schmerzten. Doch ihm selbst war nicht kalt, die übermächtige Anstrengung am Ruder ließ ihn wie im Fieber schwitzen. Aber er fühlte sich schwach und kraftlos vor Erschöpfung und Hunger, und deshalb war er hocherfreut, als der Kapitän an Deck erschien und ihn mit einem ganzen Pfund Schokolade fütterte. Das gab ihm wieder neue Kraft.
Er trug nun dem Kapitän auf, das Fall zu kappen, an dem der Körper des toten Kochs mitgeschleift

wurde, und dann nach vorne zu gehen und das Klüverfall und die Klüverschot ebenfalls zu kappen. Als das getan war, schlug der Klüver einige Augenblicke wild wie ein aufgehängtes Handtuch, riss dann aus den Lieken und flog davon. Nun lenzte die *Sophie Sutherland* vor Topp und Takel.

Um die Mittagszeit hatte sich der Sturm ausgetobt, und gegen sechs Uhr abends hatte sich auch die See so weit beruhigt, dass Chris das Ruder verlassen konnte. Es war so gut wie hoffnungslos, sich vorzumachen, dass es den kleinen Booten gelungen sein könnte, den Taifun heil zu überstehen. Doch solange auch nur die geringste Chance gegeben schien, ein Menschenleben zu retten, musste man es versuchen, dachte Chris, und er war entschlossen, denselben Kurs zurückzusegeln, auf dem es ihn her verschlagen hatte. Es gelang ihm, ein Reff in das Vorstenge-Stagsegel und zwei Reffe in den Besan einzubinden und dann mithilfe der Reservefallen beide in der steifen Brise, die jetzt wehte, zu setzen. Des Nachts, beim Wiederaufkreuzen des Rückwegs, schüttete er, sobald der Wind es erlaubte, die Reffs wieder aus und setzte weitere Segel.

Der verletzte Segelmeister hatte begonnen, im Fieber zu fantasieren. Chris hielt den Kapitän in Bewegung; er musste sich teils um den Segelmeister kümmern, teils bei den notwendigen Arbeiten an Deck mit Hand anlegen.

»Der hat mich mehr Seemannschaft gelehrt«, erzählte der Kapitän später, »als ich sonst auf der ganzen Reise mitbekommen habe.« Doch bei Tagesanbruch war die ohnehin geringe Widerstandskraft des alten Mannes erschöpft, und er wurde in Luv der Hütte vom Schlaf übermannt.

Chris, der das festgelegte Ruderrad jetzt sich selbst überlassen konnte, holte Decken von unten und hüllte den übermüdeten Alten damit ein. Dann ging er hinunter ins Lazarett, auf der Suche nach etwas Essbarem. Am nächsten Tag wurde ihm bewusst, dass auch er nachzulassen begann, als er merkte, dass er am Ruder vor sich hin dämmerte und nur dann und wann erwachte und mit müden Blicken um sich sah.

Am Nachmittag des dritten Tages stieß er auf einen Schoner, der entmastet und übel zugerichtet war. Als er dann, hoch im Wind laufend, näher gekommen war, sah er die Decks des Schoners von einer ungewöhnlich großen Mannschaft bevölkert. Und als er noch dichter herangekommen war, erkannte er zwischen den fremden Gesichtern die Gesichter seiner vermissten Kameraden. Und er war gerade noch rechtzeitig erschienen, denn sie kämpften dort einen bereits aussichtslosen Kampf an den Pumpen. Eine Stunde später befanden sich alle, einschließlich der Besatzung des sinkenden Schiffes, an Bord der *Sophie Sutherland.*

Weil sie sich so weit von ihrem eigenen Schiff entfernt hatten, hatten sie noch rechtzeitig Zuflucht auf dem fremden Schoner gefunden, bevor der Sturm losbrach. Dieser fremde Schoner war ein Robbenfänger aus Kanada, der sich auf seiner ersten und wie sich jetzt erwies, auch auf seiner letzten Reise befand.

Auch der Kapitän der *Sophie Sutherland* hatte eine lange Geschichte zu erzählen, und er erzählte sie gut – so gut sogar, dass Emil Johansen, als alle Mann während der Hundewache an Deck versammelt waren, zu Chris hinüberschlenderte und dessen Hand ergriff.

»Chris«, sagte er so laut, dass alle es hören konnten, »Chris, ich geb' nach. Bist doch genau so'n guter Seemann wie ich. Bist 'n famoser Junge und 'n Vollmatrose dazu, und ich bin stolz auf dich.«

»Und Chris!« Er drehte sich im Weggehen noch einmal um, als hätte er etwas vergessen, und rief zurück. »Von jetzt ab sagst du nur noch ›Emil‹ zu mir, ohne ›Mister‹! Klar?«

# Vom Fahren mit kleinen Booten

Zum Seemann wird man geboren, nicht gemacht. Und mit »Seemann« ist nicht das durchschnittlich-tüchtige und hoffnungslose Wesen gemeint, das man heutzutage im Logis von Hochseeschiffen findet, sondern der Mensch, der ein aus Holz und Stahl und Tauwerk und Segel bestehendes Gefüge hernimmt und es zwingt, auf dem Meer seinem Willen zu gehorchen. Von den Kapitänen und Offizieren großer Schiffe abgesehen, ist derjenige, der mit kleinen Booten segelt, der wahre Seemann. Er versteht es – er muss es verstehen –, den Wind so zu nutzen, dass er sein Fahrzeug von einem gegebenen Punkt zu einem anderen bringt. Er muss über Gezeiten, Seegang, Strömungen und Barren, über Fahrrinnenbetonnung und Tag- und Nachtsignale Bescheid wissen, er muss in der Wetterkunde bewandert sein; und er muss innig vertraut sein mit den Besonderheiten seines Bootes, die es von allen anderen unterscheiden, die je gebaut wurden. Er muss es beherrschen und es, als ein Beispiel unter unendlich vielen, in der Kreuz auf den neuen Kurs brin-

gen können, ohne dass es im Wind stehen bleibt oder zu weit abfällt.
Heutzutage braucht ein Matrose auf See nichts von diesen Dingen zu verstehen. Und er versteht auch nichts davon. Er pullt und hievt, wie man's ihn heißt, schrubbt das Deck, pönt Farbe auf und klopft Rost. Er weiß nichts, und wenig interessiert ihn. Setzen Sie ihn in ein kleines Boot, und er ist hilflos. Er wird selbst auf dem Rücken eines Pferdes eine bessere Figur machen.
Ich werde nie mein kindliches Erstaunen vergessen, als ich zum ersten Mal einem dieser seltsamen Wesen begegnete. Es handelte sich um einen davongelaufenen englischen Matrosen. Ich war ein zwölfjähriger Junge und hatte eine gedeckte, 4,25 Meter lange Jolle, mit der zu segeln ich mir selbst beigebracht hatte. Ich saß ihm zu Füßen wie einem Gott, während er von fremden Ländern und Völkern erzählte, von Gewalttaten und haarsträubenden Stürmen auf See. Dann nahm ich ihn eines Tages in meinem Boot mit. Mit der hastigen Eile eines blutigen Anfängers setzte ich Segel und legte ab. Hier hatte ich einen kritisch beobachtenden Mann bei mir, der, dessen war ich mir sicher, in einer Sekunde mehr über Schiffe und Boote und das nasse Element wusste, als ich je wissen konnte. Nach einer Weile, während derer ich mich selbst übertraf, übernahm er Pinne und Schot. Ich saß offenen Mundes auf der

kleinen mittleren Ducht und war bereit zu erfahren, was wahres Segeln sei. Mein Mund blieb offen, denn ich erfuhr, wie sich ein richtiger Matrose in einem kleinen Boot machte. Er wusste sich nicht zu helfen, konnte die Schot nicht richtig bedienen, in den Böen brachte er das Boot mehrere Male fast zum Kentern und dann noch einmal um Haaresbreite, weil er aus Versehen das Segel halsen ließ; er wusste weder, wozu ein Schwert da ist, noch wusste er, dass man in einem vor dem Wind laufenden Boot in der Mitte und nicht auf der Seite sitzen muss; und als wir schließlich zum Steg zurückkehrten, fuhr er mit voller Wucht dagegen, wodurch der Steven beschädigt und die Mastspur weggerissen wurde. Und dabei war er doch ein wirklicher, echter Matrose, der geradewegs vom weiten Meer kam.

Und das unterstreicht, was ich sagen will. Jemand kann sein ganzes Leben im Logis großer Schiffe verbringen und doch nie wissen, was Seefahrt eigentlich ist. Schon als ich zwölf war, lockte mich das Meer. Mit fünfzehn war ich Kapitän und Eigner eines slupgetakelten Austernfischers. Als ich sechzehn war, fuhr ich auf Leichtern, fing Lachse mit den Griechen auf dem Sacramento und arbeitete als Matrose bei der Fischereiaufsicht. Und ich war ein guter Matrose, obwohl ich nur in der Bucht von San Francisco und auf den Flüssen, die in sie münden,

herumgeschippert war. Ich war noch nie in meinem Leben auf See gewesen.
Dann heuerte ich in dem Monat, als ich siebzehn wurde, als Vollmatrose auf einem Dreimastschoner an, der für eine siebenmonatige Reise über den Pazifik und zurück bestimmt war. Wie mir meine Schiffskameraden prompt zu verstehen gaben, war es eine Unverschämtheit von mir, als Vollmatrose anzuheuern. Aber ich *war* ein Vollmatrose, so muss man es sehen. Ich hatte die richtige Schule durchgemacht. Ich brauchte nicht mehr als ein paar Minuten, um Bezeichnung und Verwendungszweck der paar neuen Leinen zu erlernen. Es war simpel. Ich tat nichts unüberlegt. Durch das Segeln mit kleinen Booten hatte ich gelernt, das *Warum* und *Weshalb* von allem zu ergründen und zu lernen. Freilich, ich musste lernen, nach dem Kompass zu steuern, was vielleicht eine halbe Minute dauerte; doch wenn es ans »Voll-und-bei« und »Hoch-am-Wind«-Steuern ging, konnte ich den Durchschnitt meiner Schiffskameraden schlagen, weil ich auf eben diese Weise immer gesegelt war. Binnen einer viertel Stunde konnte ich die Strichrose vorwärts und rückwärts aufsagen. Und sonst gab es während dieser siebenmonatigen Fahrt wenig mehr zu lernen als die ausgefallenen Zierknoten, wie etwa den komplizierten doppelten Taljereepknoten und die Anfertigung verschiedener Arten von Plattings und

Taumatten. Der springende Punkt von alledem ist, dass der wahre Seemann durch das Segeln mit kleinen Booten am besten geschult wird.
Und wenn jemand ein geborener Seemann ist und durch die Schule der See gegangen ist, kommt er sein ganzes Leben lang nicht mehr von der See los. Er hat ihr Salz in den Knochen, und er spürt ihren Geruch, und die See wird ihn rufen, bis er stirbt. In den letzten Jahren habe ich bequemere Mittel und Wege gefunden, mir meinen Lebensunterhalt zu verdienen. Ich habe das Logis zu diesem Behufe verlassen, aber ich kehre immer wieder zur See zurück. In meinem Fall ist das für gewöhnlich die Bucht von San Francisco – für kleine Boote lässt sich kein reizvolleres und zugleich schwierigeres Gewässer finden.
Es kann wahrhaftig wehen in der Bucht von San Francisco. Im Winter, der besten Zeit für Kreuzfahrten, haben wir Südost- und Südwestwind und gelegentlich schwere Nordstürme. Den Sommer über haben wir das, was wir die »Seebrise« nennen, einen verlässlichen Wind vom Pazifik, der meistens nachmittags weht – die Yachtsegler von der Atlantikküste würden ihn schon als »Sturm« bezeichnen. Sie sind stets überrascht über die kleinen Segel unserer Yachten. Einige von ihnen, Eigner von Schonern, mit denen sie Kap Hoorn gerundet haben, haben stolz ihre himmelhohen Masten und

großen Segel betrachtet, dann herablassend, ja mitleidig, die unseren. Dann beteiligten sie sich zufällig an einer Clubkreuzfahrt von San Francisco nach Mare Island. Sie fanden die morgendliche Fahrt die Bucht hinauf herrlich. Am Nachmittag, als der Westwind tüchtig über die San-Pablo-Bucht pfiff und sie es auf dem langen Rückweg mit ihm zu tun bekamen, lagen die Dinge etwas anders. Wie ein Schwalbenschwarm zogen unsere mit kleinen Masten und Segeln ausgestatteten Yachten nach und nach an ihnen vorbei; sie kämpften sich mühsam voran, mussten reffen und blieben immer mehr achteraus in dem, was sie einen Sturm, wir aber eine feine Damenbrise nannten. Als sie das nächste Mal kamen, bemerkten wir, dass sie die Stenge gestrichen hatten, die Bäume nicht mehr so lang und die Segel um eine ganze Bahn schmäler waren.

Was die Aufregung angeht, so trennen Welten ein Schiff in Seenot und ein kleines Boot, das auf einem vom Land eingeschlossenen Gewässer in Schwierigkeiten gerät. Aber wenn ich echte Spannung und echten Nervenkitzel haben will, ist mir ein kleines Boot lieber. Die Dinge ereignen sich viel schneller, und es sind nur wenige da, welche die Arbeit tun – und harte Arbeit, wie jeder weiß, der mit kleinen Booten segelt. Ich habe einmal die ganze Nacht, beide Wachen an Deck, während eines Taifuns vor der japanischen Küste durchgeschuftet und bin weniger erschöpft gewesen als nach zwei Stunden Quälerei auf einer 9 Meter langen Slup, Quälerei beim Segelreffen und Lichten von zwei Ankern vor Legerwall bei einem heulenden Südoststurm.

Harte Arbeit und Aufregung? Angenommen, der Wind wird abgedeckt und lässt gerade in dem Moment nach, da du mit deinem kleinen Boot bei starker Strömung und engem Raum durch eine Zugbrücke kreuzen willst. Sieh dir an, wie die Segel, auf die du angewiesen bist, lose schlagen vor plötzlicher Leere, und dann sieh, wie der boshafte Wind, um 90 Grad umgesprungen, mit einem ungestümen Stoß den Klüver back kommen lässt. Rund geht's, und das Boot rauscht nicht durch die offene Zugbrücke, sondern treibt breitseits auf die dicken Dalben zu. Höre das Tosen des Wassers, das zwischen dem Brückenpfeiler durchrauscht. Und höre und sieh, wie das schöne, frisch gestrichene Boot gegen die Dalben kracht.

Spüre, wie der stämmige kleine Rumpf unter dem Anprall nachgibt. Sieh, wie das Schanzkleid eingedrückt wird. Höre, wie die Segel reißen, und sieh, wie die schwarzen, vierkantigen Brückenbalken Löcher hineinbohren. Knack! Da bricht das Stengestag, und die Stenge kreist wie betrunken über dir. Nun hörst du ein Reiben und Knirschen. Wenn das so weitergeht, brechen auch noch die Steuerbordwanten. Nimm eine Leine – irgendeine Leine – und schlinge sie um einen Pfahl. Doch sie ist zu kurz. Du kannst sie nicht festmachen, lässt aber nicht los und rufst wie wild nach deinem Gefährten: Er soll eine andere, längere Leine an dem Pfahl belegen. Halt aus! Du hältst aus, bis du purpurrot im Gesicht bist, bis es dir die Arme auszurenken scheint, bis dir das Blut aus den Fingerspitzen quillt. Aber du hältst durch, und dein Partner bringt die längere Leine und macht sie fest. Du richtest dich auf und betrachtest deine Hände. Sie sind ramponiert. Du kannst kaum die verkrallten Finger lockern. Es tut abscheulich weh. Aber du hast keine Zeit. Das Boot, das immer seinen eigenen Willen hat, schlägt gegen die mit Entenmuscheln bewachsenen Pfähle, die das Schandeck zu zerkratzen drohen. Jetzt heißt's Piekfall fieren! Klüver nieder! Dann hantierst du mit Fallen und Leinen und zerrst und holst durch und hievst, und gereizt tauschst du Flüche mit dem Brückenwärter aus, der dir bei einem solchen Wortwechsel mehr als auf halbem Wege entgegenkommt. Und schließlich bist du nach einer Stunde durch, mit schmerzendem Rücken, schweißnassem Hemd und zerschundenen Händen, und gleitest friedlich dahin auf der sanften, freundlichen Flut, an nahen Ufern vorbei, wo die Kühe knietief im Wasser stehen und dich erstaunt ansehen. Aufregung! Arbeit! Kann man

das überbieten an einem ruhigen Tag auf hoher See?
Ich hab's so und so versucht. Ich erinnere mich an die Plackerei während eines vierzehntägigen Sturms vor der Küste von Neuseeland. Wir waren ein verrosteter und arg mitgenommener Trampdampfer mit sechstausend Tonnen Kohle im Laderaum. Vorn und achtern wurden Strecktaue gespannt, und an der Luvseite, befestigt an der Takelage und den Spannseilen des Schornsteins, befanden sich große Taunetze, die dort ausgebracht waren, um die Gewalt der Brecher abzumildern und so die Messetüren zu schützen.
Aber die Türen wurden trotzdem eingedrückt und die Messeräume kräftig durchnässt. Und dennoch erwuchs aus alledem nur ein Gefühl, nämlich das der Monotonie.
Im Gegensatz dazu verbrachte ich die vielleicht aufregendsten acht Tage meines Lebens in einem kleinen Boot vor der Westküste von Korea. Machen Sie sich keine Gedanken darüber, warum ich im Monat Februar bei Minustemperaturen auf dem Gelben Meer segelte. Das Entscheidende ist, dass ich mit einem offenen Boot fuhr, einem Sampan, einem kleinen offenen Boot, wie es die Chinesen benutzen, und das vor einer felsigen Küste, wo es keine Leuchttürme gab, aber ein Tidenhub von 10 bis 20 Metern keine Seltenheit war. Meine Mannschaft

bestand aus japanischen Fischern. Keiner sprach die Sprache des anderen. Doch es war nichts monoton an dieser Fahrt. Nie werde ich jenen bitterkalten Morgen vergessen, an dem wir bei dichtem Schneetreiben Segel bargen und unseren kleinen Anker warfen. Der Wind pfiff von Nordwest, und wir befanden uns auf Legerwall. Vorn und hinten wurde uns der Weg durch felsige Landzungen abgeschnitten, gegen deren Felsen mit voller Wucht die Brecher brandeten. Luvwärts lag in einiger Entfernung ein flaches Felsenriff, das man nur hin und wieder zwischen den Schneeböen sah. Und dieses Riff bewahrte uns davor, dass das Gelbe Meer ganz über uns hinwegdonnerte.

Die Japaner krochen alle unter eine Reismatte und versuchten zu schlafen. Ich gesellte mich zu ihnen, und wir dösten mehrere Stunden lang mit Unterbrechungen. Dann überschwemmte uns eine Sturzsee mit eisigem Wasser, und wir entdeckten, dass etliche Zentimeter Schnee auf der Matte lagen. Das luvwärtige Riff verschwand allmählich unter der steigenden Flut, und mit jedem Augenblick brandeten die Brecher stärker über die Felsen hinweg. Die Fischer und ich sahen besorgt auf die Küste; ich tat es mit dem Auge des Seemanns, aber ich sah wenig Chancen für einen Schwimmer, der die von der Brandung umtoste Reihe der Felsen erreichen wollte. Ich deutete gestikulierend auf die Landzun-

gen zu beiden Seiten. Die Japaner schüttelten den Kopf. Ich wies auf die fürchterliche Leeküste hin. Wieder schüttelten sie den Kopf und unternahmen nichts. Ich kam zu dem Schluss, dass sie durch die Hoffnungslosigkeit unserer Lage wie gelähmt seien. Dabei nahm unsere Not mit jeder Minute noch zu, denn die steigende Flut brachte uns um den Schutz des Riffs, das wie ein Puffer wirkte. Bald würden wir, vor Anker liegend, vollschlagen. Immer häufiger ergossen sich Sturzseen über uns, und wir mussten ununterbrochen lenzen.
Nachdem wir mehrere Male mit knapper Not dem gänzlichen Vollschlagen entronnen waren, unternahmen die Fischer endlich etwas. Alle Mann holten die Ankertrosse ein und hievten den Anker an Bord. Als der Bug des Bootes nach Lee drehte, setzten wir vorn ein Stückchen Segel, etwa von der Größe eines Sacks. Wir hielten direkt auf die Küste zu. Ich löste meine Schnürsenkel, knöpfte Ölmantel und Rock auf und war bereit, mich ungefähr eine Minute, bevor wir strandeten, rasch eines Teils meiner Kleidung zu entledigen. Aber wir liefen nicht auf, denn als wir heran geschossen kamen, sah ich, wie gut unsere Lage war: Direkt vor uns öffnete sich ein schmaler Kanal, an der Einfahrt von einem Kranz von Brechern gesäumt. Doch als ich vor einiger Zeit die Küste studiert hatte, war kein solcher Kanal vorhanden. Ich hatte den Tidenhub von 10

Metern vergessen. Aber die Japaner hatten es riskiert, auf diese Fluthöhe zu warten. Wir kamen heil durch die Brecher und bogen in eine kleine, geschützte Bucht ab, deren Oberfläche kaum vom Sturm bewegt wurde, und wo das gefrorene Seewasser von der letzten Flut noch in langen parallelen Streifen lag. Und dies war ein Sturm von dreien im Laufe jener acht Tage in dem Sampan. Hätte man das mit einem Schiff überstehen können? Ich befürchte, das Schiff wäre auf das vorgelagerte Riff aufgelaufen und die Besatzung wäre dann unweigerlich vollzählig ertrunken.

Es gibt so viele Überraschungen und Pannen bei einer dreitägigen Kreuzfahrt mit einem kleinen Boot, dass es für ein großes Schiff auf dem offenen Meer für ein ganzes Jahr reichen würde. Ich erinnere mich an die Jungfernfahrt mit einem 9 Meter langen Boot, das ich gerade gekauft hatte. Innerhalb von sechs Tagen hatten wir zweimal stürmischen Wind und zusätzlich einen tüchtigen Südwest- und einen starken Südoststurm. Die kurzen Unterbrechungen dazwischen waren absolute Flauten. Außerdem gerieten wir in den sechs Tagen dreimal auf Grund. Dann machten wir auf dem Sacramento an einem Steilufer fest, blieben bei laufender Ebbe zufällig an der steilen Böschung hängen und hätten uns fast seitlich überschlagen. In der Straße von Carquinez, wo der Anker in der bei Flaute und starker Strömung

ausgewaschenen Stromrinne keinen Halt finden konnte, wurden wir gegen einen großen Kai getrieben und krachten und bumsten eine Viertelmeile lang dagegen, bis wir endlich wieder freikamen. Zwei Stunden danach, in der Bucht von San Pablo, frischte der Wind auf, und wir mussten reffen. Es ist kein Vergnügen, ein Beiboot zu bergen, das bei schwerem Seegang und Sturm davonzutreiben droht. Das war unsere nächste Aufgabe, denn unser Beiboot schlug voll, und beide Schleppleinen, an denen wir es hinterher zogen, brachen. Als wir es endlich wieder hatten, waren wir fast tot vor Erschöpfung und hatten unsere Slup gewiss an allen Teilen vom Kiel bis zum Masttopp hart beansprucht. Und um alledem die Krone aufzusetzen, kollidierten wir, als wir unseren Heimathafen ansteuerten und eben die engste Stelle des San-Antonio-Creeks passierten, um Haaresbreite mit einem großen Schiff, das von einem Schlepper gezogen wurde. Ich bin ein ganzes Jahr auf weitaus größeren Schiffen zur See gefahren, doch in dieser ganzen Zeit ereignete sich kein solcher Zwischenfall.
Eigentlich sind die Zwischenfälle fast das Beste am Segeln mit kleinen Booten. Im Rückblick erweisen sie sich als Gipfel der Glückseligkeit. Wenn du sie erlebst, stellen sie deinen Charakter und dein Vokabular auf die Probe und können dich so mutlos machen, dass du glaubst, die Götter hätten dich ver-

lassen – aber, danach, ah, mit welcher Lust erinnerst du dich dann an sie und mit welchem Genuss berichtest du anderen Seglern und Clubkameraden davon.
Ein schmaler, gewundener, sumpfiger Nebenarm; Niedrigwasser, Modder kommt zum Vorschein, darüber eine Schicht fauligen Schlamms; das Wasser verschmutzt und verfärbt durch die Brühe aus den Lohgruben einer nahe gelegenen Gerberei; das Sumpfgras an beiden Ufern bunt, alle Farbtöne welkender Orchideen; eine wacklige, baufällige, uralte Pier und am Ende der Pier eine kleine, weiße Slup. Nichts Romantisches daran. Nicht die leiseste Andeutung von Abenteuer. Ein vorzügliches plastisches Argument gegen die angeblichen Freuden des Segelns mit kleinen Booten. Möglicherweise dachten Cludesley und ich an jenem trüben, düsteren Morgen daran, als wir aufstanden, um Frühstück zu machen und das Deck zu schrubben. Letzteres war meine Idee, aber ein Blick auf das dreckige Wasser und ein zweiter auf das frisch gestrichene Deck brachten mich wieder davon ab. Nach dem Frühstück begannen wir mit einer Partie Schach. Das Wasser fiel weiter, und wir spürten, dass das Boot anfing, sich auf die Seite zu legen. Wir spielten weiter, bis die Schachfiguren umzufallen begannen. Das Schiff legte sich noch weiter über, und wir gingen an Deck. Die Vor- und Achterleinen hatten

keine Lose mehr. Während wir uns umsahen, bekam das Boot mit einem plötzlichen Ruck noch mehr Schlagseite. Die Leinen waren jetzt sehr steif.
»Sobald der Rumpf auf Grund kommt, hört das auf«, sagte ich. Cludesley maß außen an der Bordwand entlang mit einem Bootshaken die Wassertiefe.
»Zwei Meter«, verkündete er.
»Das Ufer fällt hier fast senkrecht ab. Das Erste, was auf Grund kommt, wird der Mast sein, wenn sich der Rumpf nach oben dreht.«
Ein unheildrohendes, kleines, knirschendes Geräusch kam von der Achterleine. Noch während wir hinschauten, sahen wir, dass ein Kardeel zerfranste und brach. Da beeilten wir uns. Kaum hatten wir eine zusätzliche Leine zwischen Heck und Pier ausgebracht, da brach die erste vollends. Als wir dann um den Bug eine zweite Leine ausgebracht hatten, krachte auch dort die erste und brach ebenfalls. Danach war es ein Inferno aus Arbeit und Aufregung. Wir machten weitere Leinen fest, und immer mehr Leinen brachen, und das schöne Boot bekam immer mehr Schlagseite. Wir nahmen alle Reserveleinen, wir schoren Schoten und Fallen aus; wir holten sogar unsere zweizöllige Ankertrosse hervor; wir befestigten Leinen auf halber Höhe am Mast, darunter und darüber. Wir schufteten und schwitzten und äußerten beiderseits unsere tiefe Überzeugung, dass uns die Götter mit ihrem Zorn straften.

Bauerntölpel kamen auf die Pier und lachten über uns. Als Cludesley versehentlich eine Rolle Tauwerk über das schräge Deck hinunterrutschen und in den ekelhaften Schlamm fallen ließ und sie, grün im Gesicht, wieder herausfischte, wieherten die Bauerntölpel noch lauter, und alles, was ich tun konnte, war, ihn davon abzuhalten, dass er auf die Pier kletterte und einen Mord beging.

Als das Deck des Bootes senkrecht stand, hatten wir die Dirk am Baum ausgeschäkelt und sie an der Pier belegt; sie lief fast am Masttopp durch einen Block, und mittels einer Talje setzten wir sie steif durch. Die Dirk war aus Stahldraht. Wir waren überzeugt davon, dass sie der Belastung standhalten würde, aber wir bezweifelten das bei den Stagen, die den Mast stützten.

Bis zum völligen Niedrigwasser waren noch zwei Stunden Zeit (und es handelt sich um ein Springniedrigwasser), was bedeutete, dass fünf Stunden vergehen mussten, bevor wir mit der Flut die Möglichkeit bekamen zu erfahren, ob sich das Boot aufrichten und seine normale Lage einnehmen würde oder nicht. Das Ufer fiel fast senkrecht ab, und auf dem Grund direkt unter uns hinterließ das rasch abfließende Wasser den widerlichsten, übel riechendsten und übel aussehendsten Dreck, den man sich vorstellen kann. Beim Hinunterstarren sagte Cludesley zu mir:

»Ich liebe dich wie einen Bruder. Ich würde für dich kämpfen, für dich brüllenden Löwen gegenübertreten und den plötzlichen Tod auf dem Schlachtfeld oder in den Fluten auf mich nehmen. Aber trotzdem – fall mir ja nicht da rein.« Er schauderte zusammen, von Ekel geschüttelt. »Denn wenn du's tust, bringe ich es nicht über mich, dich da rauszuziehen. Ich könnte es einfach nicht. Ich könnte nur einen Bootshaken nehmen und dich runterdrücken, damit ich dich nicht mehr sehen muss.«

Wir saßen auf der Seitenwand der Kajüte, ließen die Beine übers Dach herunterbaumeln, lehnten uns mit dem Rücken gegen das Deck und spielten Schach, bis die Flut und die Talje an der Dirk es uns ermöglichten, das Boot wieder aufzurichten.

Jahre später geriet ich in der Südsee, auf der Insel Ysabel, in eine ähnliche missliche Lage. Um den Kupferbeschlag reinigen zu können, hatte ich die *Snark* parallel zum Strand und zum Wasser hin trockenfallen lassen. Als die Flut kam, wollte sie sich nicht aufrichten. Das Wasser drang durch die Speigatten ein, stieg über das Schanzkleid und langsam weiter das schräge Deck empor. Wir verschalkten die Luke des Maschinenraums, und das Meer kam auch bis dahin und drüber weg und dem Kajütniedergang und dem Oberlicht gefährlich nahe. Wir waren alle fieberkrank, aber wir liefen raus in die glühende Tropensonne und schufteten mehrere Stunden lang wie verrückt. Wir brachten unsere stärksten Trossen vom Masttopp zum Strand aus und holten sie mit unserem größten Taljen dicht, bis alles krachte, einschließlich unserer Knochen. Wir lösten uns ab und lagen da wie tot, dann standen wir wieder auf und hievten bis an die Grenze des Möglichen. Und schließlich – die tiefer liegende Reling war eineinhalb Meter unter Wasser, und die Wellen plätscherten schon gegen den Niedergang –, schließlich durchlief ein Zittern und Rucken das kleine, robuste Fahrzeug; es richtete sich auf, und die Masten zeigten wieder zum Zenit.

Beim Segeln mit kleinen Booten fehlt es nie an körperlicher Betätigung, und die harte Arbeit gehört nicht nur zum Spaß am Ganzen, sondern sie macht auch oft den Arzt überflüssig. Die Bucht von San Francisco ist kein Mühlenteich. Sie ist ein großes und windiges und wechselhaftes Gewässer. Ich erinnere mich daran, wie wir eines Winterabends versuchten, in die Mündung des Sacramento einzulaufen. In der Bucht war auf die Flut die Ebbe und nach ihr ein Springniedrigwasser gefolgt. Der Fluss aber führte Hochwasser, und als die Sonne sank, flaute der frische Westwind ab. Genau bei Sonnenuntergang standen wir bei einer leichten bis mittleren achterlichten Brise in der reißenden Strömung still. Wir befanden uns schon in der Flussmündung, aber es gab keinen Ankergrund, und bei

abflauendem Wind trieben wir rückwärts, immer schneller. Beim letzten Windhauch gingen wir vor der Mündung vor Anker. Die Nacht senkte sich herab, schön und warm, und die Sterne leuchteten. Mein einziger Begleiter machte das Abendessen, während ich auf Deck alles vorbildlich aufklarte. Als wir uns um 21 Uhr schlafen legten, versprach das Wetter für morgen gut zu werden. (Wenn ich ein Barometer dabei gehabt hätte, wäre ich besser im Bilde gewesen.) Um zwei Uhr morgens aber sang der auffrischende Wind in den Wanten, und ich stand auf und steckte mehr Trosse. Nach einer weiteren Stunde war nicht mehr daran zu zweifeln, dass wir einen Südoststurm zu erwarten hatten.
Es ist nicht schön, seine warme Koje verlassen zu müssen, um in einer dunklen, windigen Nacht von einem schlechten Ankerplatz wegzukommen, doch wir erhoben uns, denn es war notwendig, fanden zwei Reffs und begannen, den Anker aufzuholen.
Die Winsch war alt und der Zug durch Wind und anrollende Seen zu viel für sie. Sie funktionierte also nicht, aber es war unmöglich, die Trosse Hand über Hand aufzuholen. Wir merkten es, denn wir machten den Versuch und zerschunden uns dabei die Hände. Jeder Seemann hasst es, einen Anker zu verlieren; es geht ihm nicht nur gegen den Stolz. Natürlich hätten wir eine Ankerboje ausbringen und die Trosse schlippen können. Statt dessen steckte ich

noch mehr Trosse, unterstützte das Schwojen und ließ den zweiten Anker fallen.
Danach kamen wir auch kaum zum Schlafen, denn erst rollte es den einen und dann den anderen von uns aus der Koje. Die zunehmende Größe der Seen verriet uns, dass wir vor Anker trieben, und als wir die ausgewaschene Fahrrinne erreichten, hatten wir im Gefühl, dass unsere beiden Anker glatt darüber hinwegrutschten. Es war eine tiefe Rinne, deren Rand auf der anderen Seite so steil abfiel wie die Wand eines Canyons, und als unsere Anker auf diese Wand trafen, fassten sie und hielten. Doch hörten wir in der Dunkelheit achtern die Brandung ans Ufer donnern, und das war so nah, dass wir das Beiboot näher heranholten.
Das Tageslicht zeigte uns, dass zwischen dem Heck des Skiffs und der Vernichtung nur ein paar Meter lagen. Und es wehte! Zeitweise, in den Böen, muss der Wind eine Geschwindigkeit von 70 bis 80 Meilen pro Stunde - das sind ca. 130 Kilometer, also Stärke 12, d.h. Orkanböen - erreicht haben. Doch die Anker hielten, und das so großartig, dass wir schließlich befürchteten, die Beting würde glatt weggerissen. Den ganzen Tag über tauchte das Boot abwechselnd mit dem Bug und mit dem Heck unter, und erst am Nachmittag legte sich der Sturm nach einer wahnwitzigen letzten und schlimmsten Bö. Fünf Minuten lang herrschte absolute Flaute, und

dann, mit der Plötzlichkeit eines Donnerschlags, pfiff der Wind - er hatte um 90 Grad gedreht - von Südwest, ein gewaltiger Sturm. Eine weitere Nacht dieser Art wäre uns zuviel gewesen, und so hievten wir bei einer wilden Kreuzsee vorn die Anker von Hand. Es war nicht nur harte Arbeit, es war zum Erbarmen. Und als wir den ersten Anker kurzstag hatten, konnten wir ihn nicht ausbrechen. Zwischen den Seen, wenn der Bug eintauchte, holten wir die Trosse ruckartig durch. So versuchten wir es viele Male, mit dem Bug den Anker auszubrechen. Fast alles ging entzwei, aber der Anker hielt. Ein Poller wurde herausgerissen, das Schanzkleid krachte, und sogar die Scheuerleiste splitterte, aber der Anker hielt. Schließlich setzten wir das gereffte Großsegel, fierten etwas Kette weg - um ein paar hart erarbeitete Meter - und brachen den Anker segelnd aus dem Grund. Es war harte Arbeit, und ein paarmal fehlte nicht viel daran, dass wir flach aufs Wasser gedrückt worden wären. Wir wiederholten das Manöver mit dem anderen Anker und flüchteten bei einbrechender Dunkelheit in den Schutz der Flussmündung.

Ich bin lange vor der Ära des Benzins geboren worden. Infolgedessen bin ich altmodisch. Ich ziehe die Segelboote den Motorbooten vor, und ich glaube, dass das Segeln eine edlere, schwierigere und mehr Mut erfordernde Kunst ist als das Motorbootfahren. Die Verbrennungsmotoren werden allmählich idiotensicher, und es ist zwar unbillig zu sagen, dass jeder Idiot einen Motor bedienen kann, aber es ist billig zu sagen, dass fast alle Menschen das können. Anders verhält es sich, wenn es ums Segeln geht. Mehr Geschick, mehr Intelligenz und weitaus mehr Erfahrung sind nötig.

Es ist die beste Schule auf der Welt für Jungen und Burschen und Männer. Wenn der Junge noch sehr klein ist, geben Sie ihm ein kleines unkompliziertes Boot. Alles weitere überlassen Sie ihm selbst. Man wird ihm nichts beizubringen brauchen.

Bald wird er ein kleines Behelfsegel setzen und mit einem Riemen steuern, und dann wird er anfangen, über Kiel- und Schwertboote zu reden, sein Schlafzeug mitzunehmen und die Nacht über an Bord bleiben zu wollen.

Aber haben Sie keine Angst um ihn. Er wird unweigerlich in Gefahren geraten und Unfälle erleben. Denken Sie aber daran, dass es im Kinderzimmer ebenso zu Unglücksfällen kommen kann wie auf dem Wasser. Es sind mehr Jungen an der Treibhauskultur gestorben als auf kleinen und großen Booten; und es sind mehr Jungen durch das Segeln starke und selbstständige Männer geworden als durch Tennis und Tanzschule.

Und einmal Seemann, immer Seemann. Der Reiz des Salzwassers lässt nie nach. Ein Seemann wird nie so alt, dass es ihn nicht mehr locken würde, mit Wind und Wellen zu kämpfen.

Ich weiß es aus eigener Erfahrung. Ich bin Viehzüchter geworden und lebe ein gutes Stück weg vom Meer. Doch ich kann ihm nur eine gewisse Zeit fernbleiben. Wenn einige Monate verstrichen sind, beginne ich unruhig zu werden.

Ich ertappe mich dabei, dass ich am helllichten Tag von den Ereignissen der letzten Kreuzfahrt träume oder mich frage, ob die Streifenbarsche bei Wingo Slough standen, der eifrig die Zeitungen nach Meldungen über den ersten Zug der Wildenten nach Norden durchstöberte.

Und dann werden plötzlich in aller Eile die Koffer gepackt, das Seezeug wird in Ordnung gebracht, und schon sind wir auf dem Wege nach Vallejo, wo die kleine *Roamer* liegt und wartet, immer darauf wartet, dass das Beiboot längsseits kommt, das Feuer im Herd der Kombüse angezündet wird, dass die Zeisinge abgenommen werden, das Großsegel vorgeheißt wird, wo sie wartet auf das Knattern der Reffbändsel, auf das Hieven und Ausbrechen des Ankers, auf das Drehen des Ruderrads, wenn sich die Segel füllen und sie aus der Bucht Kurs nach Norden oder Süden nimmt.

*Jack London*

An Bord der *Roamer*
Sonoma Creek, 15. April 1911

# Nachbemerkung

Als vor gut dreißig Jahren der vierteilige Fernsehfilm *Der Seewolf* ausgestrahlt wurde, erlebten die Bücher Jack Londons eine ungeahnte Renaissance. Viele seiner Romane und gesammelten Kurzgeschichten wurden mit Erfolg neu aufgelegt – zumeist in den bewährten Übersetzungen von Erwin Magnus, die bereits in den 1920er-Jahren vom Universitas-Verlag verlegt worden waren. Die Büchergilde Gutenberg veranstaltete Jahre später eine Gesamtausgabe seiner Werke, es folgten Taschenbuch-Editionen bei dtv in über dreißig Bänden.

Jack London wurde und wird millionenfach – weltweit – gelesen, und der andauernde Erfolg seiner Werke begründet sich wohl in erster Linie auf seine fesselnde Erzählweise, auf die äußerst gelungene Verarbeitung eigener Erfahrungen und Erlebnisse.

Einige der hier versammelten Seefahrtsgeschichten schrieb London in sehr jungen Jahren: Schon als 17-Jähriger gewann er einen Zeitungswettbewerb für die beste Novelle mit *Ein Taifun vor der japanischen Küste*. Hier verarbeitet er eigene Erfahrungen als Matrose auf dem Robbenfänger »Sophie Sutherland«, einem Dreimastschoner, auf dem er an seinem 17. Geburtstag angeheuert hatte.

In der Begründung zur Preisverleihung hieß es u. a., das Auffallendste seien die »Spannweite der Erzählung und die durchgehend starke Ausdruckskraft«. Letzteres ist sicherlich ein Charakteristikum für Londons Kurzgeschichten, die allesamt dem amerikanischen Realismus und Naturalismus verpflichtet sind: Das subjektiv Wahrgenommene wird »objektiv« und detailgenau nachgezeichnet, individuelle Schicksale sind letztlich die Summe jener Kräfte, die aus dem äußeren Milieu auf die Entwicklung des Ichs einwirken. Der Einzelne ist ausgeliefert an eine übermächtige Natur und besinnt sich allein auf die ihm innewohnenden Kräfte.

Hinzu treten bei Jack London Einflüsse seiner großen Vorbilder Robert Louis Stevenson, Rudyard Kipling und nicht zuletzt Robinson Crusoe-Motive: Die realistisch gezeichnete Wirklichkeit zeigt den Einzelkämpfer, der nur Kraft seines Willens und Verstandes den Naturgewalten trotzt. Die »Helden« der Seefahrtsgeschichten sind ausgesprochene Tatmenschen, die oftmals existenzielle Bewährungsproben bestehen und in Zeiten drohender Gefahren Führereigenschaften entwickeln, was bei London zuweilen zur Glorifizierung des Übermenschentums führt.

Schon in sehr jungen Jahren hatte er sich mit den Schriften Darwins, Nietzsches und Spencers (»survival of the fittest«) beschäftigt und teilweise völlig unreflektiert deren Theorien vermischt: Der Triumph des Stärksten und Tüchtigsten ist das Leitmotiv, der Vorrang von Willen, Instinkt und Trieb vor dem Intellekt durchgängig; Nietzsches Übermensch und dessen Vorbild einer »Herrenmoral« und der »blonden Bestie« sind den Kurzgeschichten immanent.

Dennoch: Die Lebendigkeit des Stils vor dem Hintergrund eigener Erfahrungen, die unbefangene Subjektivität und die Begeisterung, mit der Jack London das Sujet angeht, lassen – so Erich Maria Remarque – jenen »wilden Atem« entstehen, der »diese Bücher durchfegt und ihre Lektüre zu einem unvergesslichen Erlebnis macht«.

*Frank Grube*